O mal de Lázaro

Krishna Monteiro

O mal de Lázaro

TORÐSILHAS

O texto deste livro foi fixado conforme o acordo ortográfico vigente no Brasil desde 1º de janeiro de 2009.

EDIÇÃO E PREPARAÇÃO Ibraíma Dafonte Tavares
REVISÃO Márcia Moura
PROJETO GRÁFICO Kiko Farkas e Thiago Lacaz/Máquina Estúdio
CAPA Amanda Cestaro
IMAGEM DE CAPA Sebastian Bauer / EyeEm/GettyImages.com

1ª edição, 2018

Dados Internacionais de Catalogação na Publicação (CIP)
(Câmara Brasileira do Livro, SP, Brasil)

Monteiro, Krishna
O mal de Lázaro / Krishna Monteiro. – São Paulo: Tordesilhas, 2018.

ISBN 978-85-8419-062-1

1. Ficção brasileira I. Título.

17-11468 CDD-869.3

Índice para catálogo sistemático:
1. Ficção : Literatura brasileira 869.3

2018
Tordesilhas é um selo da Alaúde Editorial Ltda.
Avenida Paulista, 1337, conjunto 11
01311-200 – São Paulo – SP
www.tordesilhaslivros.com.br

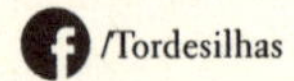

Para Cris, minha companheira,
coautora de minhas histórias e meus dias.

Sumário

O mal de Lázaro

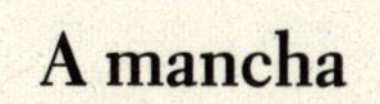

A mancha

1

E como eu palmilhasse vagamente
uma estrada de Minas, pedregosa,
e no fecho da tarde um sino rouco

se misturasse ao som de meus sapatos
que era pausado e seco; e aves pairassem
no céu de chumbo, e suas formas pretas
lentamente se fossem diluindo
na escuridão maior, vinda dos montes
e de meu próprio ser desenganado,

a máquina do mundo se entreabriu
para quem de a romper já se esquivava
e só de o ter pensado se carpia.

Carlos Drummond de Andrade,
"A máquina do mundo"

Chamei-te Lázaro, nomeei-te Lázaro, batizei-te Lázaro. Chamei-te Lázaro, muito embora nunca tenha sabido teu nome. Naquela noite, Lázaro, a tarde assentava seu fecho, e do cume de um monte eu vi teu corpo na distância pela trilha. Passos secos como os do homem do poema, braços pesados, dormentes, tu palmilhavas a estrada que, dentro de instantes, dará no mar. Estrada que não é de Minas, mas na qual teus pés ainda assim caminham. Fachos de luzes de homens cortavam o escuro, marcavam ossaturas de sangue em tua pele, faziam com que vozes logo atrás subissem de tom e timbre, estimulando os cães. Mas, Lázaro, escuta: o mar não tarda. Escalado o monte, haverá o cume. E ao fim, que se aproxima, uma descida sobre encostas de arbustos. O fim. Teus pés o perseguem. Atingem o topo. Sentem o peso dos joelhos, das mãos que neles se apoiam, do tronco que respira antes de se virar e olhar para trás. E se olhasses dessa mesma forma há alguns minutos talvez fosses capaz de distinguir na claridade última os batedores, os caçadores, as dezenas de homens e mulheres e crianças por eles liderados, que sobem, que persistem e escalam, que nas rochas cravam pés e mãos. Verias os primeiros: atentos, hesitantes. E os últimos, retardatários. Vê (esqueço-me; anoitece): por um momento todos eles se equivocam, enveredam por um caminho errado. Tomam uma trilha que na verdade não conduzirá a ti, e que, se seguida, poderia distraí-los, dar-te o necessário para fugir. Mas não; em pouco tempo são alertados pelos cães.

Um sino rouco bate numa igreja ao longe. Teu corpo ofega, descansa quase rente ao meu. Me aproximo; toco teu pescoço e teus cabelos. Tua mão direita é concha num dos ouvidos, que escuta atento. Pois se é certo que não podes ver, tu ouves: o ladrar dos cães, dos homens, a poeira que novamente assenta após ser revolvida pelos pés, e também os insetos e as ervas, o capim que oscila sobre os campos e nas fronteiras de uma cidade que se dilui ao longe, na escuridão maior. E, ao te ver descer enfim em direção à água, tropeçando às cegas e se erguendo sobre pedras e arbustos, tendo atrás de ti o ódio destes que por mim neste instante também passam, eu me pergunto, Lázaro; busco razões para só agora chamar-te assim; para batizar-te, nomear-te assim. Talvez por tuas mãos feridas, as costas curvas. Chamei-te Lázaro, pois nunca soube teu verdadeiro nome; e, se quisermos uma chance de juntos compreendermos por quais razões dessa forma agi, talvez tenhamos – tu, eu, e todos os que nos ouvem – de deixar por um momento esta noite em montanhas, e também a praia logo abaixo e o teu fim que se aproxima, e juntos retornarmos até o primeiro dia, a primeira vez que te vi.

2

ERA OUTRA noite em flanco. Eu retornava de mais um de meus passeios entre zonas de terra que vinham das pastagens e ao se aproximar do mar eram em pedra convertidas, caíam até a água, rochas verticais. Eu seguia, na certeza e no conforto de estar só. Foi quando, na primeira curva à minha frente, vi os contornos de um homem. Devo te dizer que ao me aproximar do que julgava ser somente um vulto, uma miragem, ao dar-me conta de se tratar da carne e dos ossos, dos membros de um ente semelhante a mim, minha primeira reação foi ignorar-te. Bastaria tê-lo feito. Mas não o fiz. Talvez tenha sido algo na maneira vaga, incerta como andavas, que fez com que eu prosseguisse ao teu encontro; e, ao chegar mais perto – ver teus sapatos, as calças simples, tocar tua camisa grossa de algodão –, ao divisar teus olhos e a maneira como pousavam sobre as formas do mundo enquanto avançavam em direção contrária, foi como se teus gestos recordassem os meus; como se fossem, replicassem os meus. Paro, interrompo a marcha. Olho para trás. Tu prosseguias, talvez com destino ao mesmo mirante em que até há pouco eu própria me encontrava. O som pausado de teus sapatos era cada vez mais tênue, indistinto. No mirante – uma construção de tábuas sólidas que se projetava quase num mergulho no abismo e para o ar –, posiciono-me ao teu lado, mãos na balaustrada. A verdade é que nós dois parecíamos, naquela hora e lugar, ler da mesma forma a fala das plantas e dos arbustos logo abaixo; da orla de areia e água. Vendo-te, eu concluía: víamos com os mesmos olhos; com o mesmo olhar; como se minhas também fossem tuas pupilas e recessos e silêncios, como se aquela trilha, estendendo-se ao longo de curvas e desvios até limites da cidade, como se aquela trilha, vazia, por poucos conhecida, fosse para nós o melhor retiro. Talvez seja por isso que eu te siga desde então.

Deixamos o mirante. Retomamos a mesma estrada, distanciando-nos do mar. Eu caminhava poucos metros depois de ti, meus pés, como os teus, apalpando o solo. Caminhávamos naquela ausência de calor e luz que sucede o dia e em meio à qual, à nossa volta, sem que ainda o percebêssemos, saíam pela folhagem os animais. Eles despertam; correm até a estrada e suas margens. Nos observam detrás dos mourões das cercas, tu à frente, eu atrás. O caminho ganha alturas, desce, os ruídos do oceano se abafam num envoltório perturbado apenas por alguns insetos. Seguimos, pausados, secos. Há algo em mim que se relaxa e distende da mesma forma como o fazem teus ombros, teu pescoço e teus braços, à medida que nos distanciamos da origem de qualquer som. Ao atingirmos as pastagens, quando nada, nenhum ser ouvimos, tu interrompes a marcha. De pé, as pernas calcando e se firmando no chão, permaneces imóvel, e eu parada atrás de ti vejo como se inclinam para o alto tua fronte e tua face.

Mas, ao partirmos novamente, ao nos aproximarmos da cidade, tua nuca se contrai aos primeiros sinais e sons dos homens.

3

A CIDADE: vozes que ofuscam, tu e eu elevando da mesma forma as mãos; vielas, avenidas; sons de pés, de bocas que apregoam mercadorias em meio a cascos e rodas; teu corpo avançando enrijecido, célere, as unhas nas palmas, eu apertando o passo em teu encalço. A praia onde um dia tu morrerias ficando ao longe, apagando-se. Teu corpo que interrompe a carreira em frente a um prédio e abre a porta (pórtico em que um anjo esculpido deixa cair ao solo duas asas rígidas como vértebras). Nossos passos juntos e em sincronia, escada em espiral acima.

4

ENTÃO é aqui que vives. Em frente a uma janela que se descortina sobre paisagens várias, distintas a depender do ângulo pelo qual se olha: uma praça e um beco, telhados encadeados, a solidez de um prédio logo à frente se elevando como divisa de alvenaria. Folhas da janela que se debatem sendo contidas, refreadas por tuas mãos, que as fecham e trancam, fazendo com que escureça o mundo e eu tateie cega atrás de ti. Por pouco tempo; pois as mesmas mãos nos reaproximam ao acender, recriar a luz. Então é aqui que habitas. Em quatro cômodos palmilhados de extremo a outro e às pressas por teu corpo, braços buscam no armário um cobertor, comprimindo-o contra as frestas da porta de entrada, depois esticando-o para o alto, tensionando-o e fixando-o com ânsia e pregos em torno da peça de madeira; agasalham-na, envolvem-na, abafam-na, silenciando-a numa cobertura de calor e lã. Mas os sons persistem: de corpos e de chaves, de sapatos e vozes assaltando o corredor, de gavetas que batem com estrondo nos vizinhos, de velhas no prédio logo à frente aos gritos e também de vendedores que nesta hora em que se inicia a noite fecham tabuleiros, contam moedas, berram com seus cães; sons do ferro, do cobre, da carne, do ar. Fossem líquidos estes sons, eu talvez dissesse que eles se quebram e arrebentam como vagas contra as poucas paredes que te abrigam, entrando pelas persianas, infiltrando-se a partir do teto e escoando entre os poros dos tijolos, da argamassa e através dos trincos; fossem fluidos como a água, eu descreveria essa tua luta a que agora assisto como a de alguém que ergue barreiras e drena campos, constrói barragens; como a de um homem que em seus esforços faz com que novamente aflorem, a muito custo, numa terra inundada e destruída, os picos mais elevados de algumas poucas ilhas. Passo a passo e sem esmorecer, ele triunfa em seu combate – sela portas, veda fendas, recobre com panos as janelas, empilha almofadas contra paredes, abafando as vozes dos que moram ao lado; como último artifício, coloca tufos de algodão nos dois ouvidos, fazendo com que definhem agora os sons do prédio e da terra, com que refluam, escoem para o exterior, abandonando os aposentos.

Então é aqui, Lázaro. O banco, o sofá, duas estantes e uma mesa; o queijo, o pão, a aguardente e os utensílios; a faca e a espátula, a corda e a navalha, os pincéis estendendo-se em desordem sobre folhas semipreenchidas. A cama em que agora deitas, teu corpo lavrado em traços firmes se aquietando e respirando cada vez mais lento. Sento-me à cabeceira. Olho as veias de teus pulsos: são cinza, quase violáceas, ramificando-se em estrias na direção das palmas, e à medida que as examino em detalhes vejo a pulsação que até há pouco batia descompassada tornar-se quase imperceptível. Os braços – rijos como troncos, compridos como cajados – deixam-se cair na horizontal, os dedos e suas pontas reclinando-se, abrindo-se. A testa larga, a boca longa e fina, as sobrancelhas vastas e com o mesmo tom de cores do cabelo cor de cinza e liso, todos esses traços se aquietam e desanuviam. Me aproximo. Vejo que já dormes. Lá fora, o coro de ruídos da cidade persiste num estalar e ecoar sem fim, mas aqui, nos quatro cômodos que nos abrigam, uma força e um torpor que operam silenciosos parecem se espalhar a partir de tua cama, irradiando-se e quase me atingindo. Levanto-me. Apago a luz que esqueceste acesa e, andando rente às tuas pernas, aos teus braços durante toda a noite, tendo às minhas costas os reflexos do prédio ao lado, que venceram toda sorte de barreiras para aqui estar, observo minha sombra cair sobre teu corpo, que se mexe, se contrai às vezes, sem no entanto ver perturbado o sono; sem, no entanto, reagir. Lá fora, a escuridão estelar prossegue, erguendo cúpulas.

5

E EU que me julguei capaz de aqui de pé postar-me, aguardando tua hora costumeira de se levantar. Que me imaginei pronta a receber-te, de manhã. De andar pé ante pé, à roda de teu leito, cuidando para que não te ferisse a primeira luz que se eleva e me confunde.

Lembro-me bem: estirada na poltrona, os músculos retorcidos pelo incômodo, a cabeça tombada sobre braços de couro tingidos de um vermelho que se solta e suja minhas roupas, os pés calçados, inertes, a nuca recostada mal e mal num espaldar cujas molas e estofamento mais serviam como lanças do que repouso, eu acordava. Ou melhor: acordo; pois, ao narrar os fatos que compuseram tua vida e a minha, dissolvo-me, confundo-me na própria extensão do tempo. Acordo e me lembro de onde estou, após alguns segundos de incerteza. E vejo a ti. Estás desperto, já é dia alto, estás sentado quase nu à mesa, cortando o queijo e partindo o pão. Levanto, caminho até o espelho. As manchas encarnadas da poltrona estragaram boa parte do vestido e eu me lamento, mergulho as mãos na água, tentando me recompor; depois, com os mesmos dedos úmidos, confiro alguma ordem aos cabelos e novamente molho as mãos: elas refrescam, trazem de vez meu rosto à superfície, resgatando-o para o mundo. Sento-me à mesa à tua frente. Cato as migalhas que teu descuido deixou cair. Depois de esvaziado todo o bule, acompanho-te até o quarto para o momento em que se vestem a calça, a camisa, em que se põem botas e no chão se batem os saltos, para o instante em que num casaco se envolve o tronco, a barra pesada e protetora tombando em direção ao piso, recobrindo tuas coxas até a fronteira dos joelhos. Agasalhado nessa peça de couro quente, tu retornas à cozinha, buscas a faca; seu cabo esculpido em ossos convergindo numa ponteira de metal. Após embainhá-la ao rés do cinto, vejo como tomas a direção da sala; acelero os meus passos, não quero te perder de vista. Ao ver como pronto e arrumado para sair tu ainda te deténs de pé sem qualquer razão, contemplando a porta e a janela, trocando a perna de apoio com uma timidez a vacilar no rosto, eu percebo, me perdoa, eu somente agora me dou conta, me perdoa: ainda estão selados teus ouvidos.

É com vagar que retiras os tufos, deixando o algodão cair. De imediato os poucos sons do prédio acordam, ganham volume. Sinto-me como se agora eu mesma despertasse, de pé à tua frente. A linha sólida de carne que une teu pescoço aos ombros se enrijece à medida que ruídos soltos escoam entre as barreiras erguidas no fim do dia, na primeira hora da noite anterior. Pois não bastou a ti abrir as comportas de teu corpo, tu fazes mais: recolhes panos e papéis, arrancas caixas e almofadas de posições estratégicas, desamarras e lanças ao chão até mesmo o cobertor que defendia a porta; e entram assim os barulhos da manhã, inundando em refluxo todos os cômodos, trazendo em sua cauda aquela claridade ampla cuja falta eu mesma não notara. E a cada voz, a cada sino, a cada casco, a cada grito, a cada roda, a cada lona aberta na calçada, a cada rua que se suja e pisa, a cada toldo descerrado e estendido contra o sol os teus membros todos se retesam, em resposta uníssona.

Como eu procurasse meu lugar na distância que se abria entre nós – pois tu caminhavas rumo à saída tão rápido que quase te perdi –, decido te segurar a mão; retendo-a no interior da minha, vejo como deténs o passo por alguns segundos; quando tu examinas as costas fortes e cortadas por tendões e vincos dessa tua mão direita, que a partir de então pouco soltei, você (permita que ao menos por instantes eu o chame assim, o "tu" nos afasta e nos limita), você não percebe a mancha: a nódoa pálida, de bordas regulares, que germina e surge agora em sua carne; a mancha minúscula, de superfície e relevo esféricos como a abóbada que sustém a água além dos céus; situada no ponto logo abaixo entre o dedo indicador e o médio, discreta, quase imperceptível. O legado do primeiro contato entre nossas mãos. Meu sinal. Nossa aliança. Sem notá-la, você se limita a coçar, incomodado, a pele, deixando o apartamento, descendo apressado a escada e batendo a porta do saguão do prédio. Acomodado sobre o pórtico, o anjo esculpido acorda; tenta sem sucesso mover as asas – rígidas como vértebras – e se limita a nos observar curioso, com um sorriso irônico, até dobrarmos a primeira esquina.

6

A CIDADE é embainhada por montanhas. Para os que chegam do interior, vindos de direção oposta ao mar, a vista de luzes sobre as rochas é o primeiro indício de que, além, vivem homens. Transpostos os picos, após tomar fôlego, aquele que chega à cidade o faz por uma trilha única, que desce até o vale.

Do alto como a vejo agora, a cidade me lembra várias formas: uma moenda, na qual um eixo articulado gira graças à propulsão que lhe imprimem braços; um mosaico; um panorama em motivos geométricos. Ao descer enxergamos pátios, casas baixas, ruas curvas, campanários. E poças, após dias de chuva. E praças, cheias nas tardes. Os poucos prédios, quase ausentes. E o som das vozes que se erguem à medida que pousamos sobre as ruas e à população nos misturamos: eu e os que me ouvem caminhamos a favor do fluxo, confluindo rumo à via principal, que fende a cidade numa linha reta. Ao sul da avenida está a igreja, no ponto que é o mais alto. Ao norte, o pátio do mercado, repleto nesta manhã em cujas primeiras horas os que abandonam suas casas vão vender e comprar seu pão, seu café, suas frutas e seus peixes.

A cidade. Os que primeiro aqui chegaram escolheram bem: a região mais fértil e num vale estreito, que se eleva em duas direções: na das terras opostas ao oceano, vindas do interior do país; e na das montanhas que antecedem o oceano em si. Do cume delas é que se descerá ao mar.

O homem que sigo bateu a porta do saguão do prédio, lançou-se às ruas. Perdeu-se – tão rápida é sua marcha – para além de nós e nossos olhos. Mas a regularidade do caminho percorrido nestas primeiras horas por todos os que aqui habitam me faz reagir tranquila ao desaparecimento do corpo que velei por longa noite; faz com que eu dê ouvidos à voz que diz em mim, Deixe-o ir. Contento-me em segui-lo sem o ver. Imaginando como avança em meio a outros corpos, vejo-o dobrar esquinas, fundir-se à multidão vinda da igreja e de ruelas vicinais; logo encontrará aqueles que estenderam a noite até os limites e são agora expulsos dos bares, saltando nesta profusão de pernas que se fundem na avenida. Todas num sentido: o do mercado. Pois é um percurso idêntico, o mesmo, o destas manhãs. É um caminho esculpido na memória como pedra, como um selo que se funde e molda em bronze e que se herda, como um legado, transmitido. Deixe-o ir, debaixo das arcadas do mercado sem tardar o encontraremos, me diz a voz. E me deixo então levar pela multidão até um pátio e corredores nos quais me colhe uma corrente súbita que explode em cheiros: de alho, de bois retalhados em costelas balançando ainda quentes em ganchos. Centenas de corpos me jogam de lá para cá, eu perco o equilíbrio e o recupero, busco uma orientação entre barulhos e provocações de vendedores que competem pela atenção de todos.

Então o vejo: sua cabeça um palmo acima de qualquer outra, avançando lenta em meio a sons e odores, buscando espaços sem deixar de prosseguir. O homem toma uma das vias deste pátio e, ao contrário de outros homens, que aqui permanecerão até o meio-dia, quando no extremo oposto da cidade a torre da igreja ressoar, ele insiste, busca o pórtico de saída. Como que pressentindo a possibilidade de perdê-lo para sempre, eu aperto o passo, e ao tocá-lo há algo em mim que faz com que este relato seja novamente dirigido a ti, Lázaro, ao tocar-te e buscar novamente tua mão e ao teu lado andar eu conto com a certeza de percorrer o terreno firme, sólido em que seguimos antes. A voz me diz que sob esta cidade há muitas outras, soterradas; e que talvez, também nelas, a forma única de alcançar este caminho de terra batida que tu e eu pisamos seja transpor a cada manhã o turbilhão de homens; e deles também agora me afastando eu compartilho o mesmo alívio que vejo em ti. Mas a estranheza desta estrada, a tristeza no semblante das árvores às suas margens faz com que eu solte tua mão; deixo-te ir, seguir, distanciar-se alguns passos, e enquanto te acompanho à distância há algo em mim que sentencia: o afastamento também deverá se estender à voz; e deixo assim de me endereçar a ti, volto a tratar-te apenas como ele, o homem, e assim prossegue o homem, solitário e posto à parte, isolado numa extensão deserta, até atingir um cercado de madeira; de seu interior animais voltam o pescoço em direção a nós.

7

QUASE como um só corpo, o rebanho ensaia a fuga ao ver se aproximar o homem. Mas há cercas. Barreiras. Elas represam as reses, que pulam umas sobre as outras, encavalando-se contra tábuas e arame. Os chifres se entrechocam, aguilhoam as espáduas de quem se espreme ao lado. Bocas ensaiam gritos. Outras, mais velhas, silenciam. A poeira revolvida pelos cascos se põe de pé.

O homem entra, fecha as traves de madeira que guardam a entrada. A poeira se cola à água que escorre de seu pescoço e sua fronte; ao limpá-la, ele o faz de forma suja. Quando tira o casaco, depondo-o a salvo sobre um banco, o caldo de terra flui em direção ao dorso e à camisa, e, vendo-o assumir colorações que tanto lembram as deles mesmos, o rebanho se acalma e aquieta. Alguns poucos cavalos anciães contemplam o homem que pelo rebanho anda pausado: baixam a cabeça estes cavalos, agitam a crina rala, branca, dizendo de si para si que os passos do intruso lembram o trote dos centauros. É um dos nossos, dizem a todos, não temamos, e dão-lhe as costas.

A faca – busca-a o homem. Alguns poucos que a notaram põem-se a correr à volta dos companheiros, saltando e meneando o pescoço, lançando sinais de alerta como as sentinelas que, na planície além do forte, souberam interpretar movimentações estranhas. Mas são ignorados, esses arautos, e enquanto o homem se posiciona num dos vértices do cercado outros homens indistintos – sem rosto ou contornos – tomam um dos velhos cavalos pela brida, amparando-o quase pelos ombros; guiam seus passos, conduzem--no através do que para ele e seus olhos são imensas regiões, porém metros para os outros, que o assistem vagar com pernas tateantes até o cepo onde o aguarda o centauro, parte cavalo, parte homem.

Tudo é muito rápido: ao perceber falhar o fôlego, quando a lâmina lhe transpassa a garganta, o velho cavalo ainda tenta respirar, mas sente a ferida aberta verter para fora o hálito, que escorre entre os pelos do pescoço e os inunda em emanações. Ele vacila, tomba de joelhos sobre as pernas anteriores; arria todo o peso sobre o homem quase como se lhe prestasse honras, sendo contido e amparado num abraço. Com a cabeça pousada no peito e nos braços do centauro, o cavalo investiga a orla do mundo ao seu redor, surpreendendo-se ao ver sumir de vista o escuro que desde há muito lhe impedia de enxergar: vê um mundo iluminado, mas paga um preço; pois ao também me ver aqui ele refuga, tenta fugir; ao dar em mim seus olhos agora acesos – que me iluminam no cercado e à beira do rebanho, de pé e ao lado daquele que prossegue lhe enfiando a faca goela abaixo –, este cavalo cintila súbitas compreensões, tenta cravar suas ferraduras sobre a terra e batê-las umas contra as outras como se sinos fossem, relinchar, soar alarmes, proclamar aos brados: Não é dos nossos, agora enxergo claro. Mas seu corpo já despenca barro abaixo, e os mesmos homens que pouco antes lhe ampararam cortam-lhe os quartos, esfolando-o e arrancando o couro; nu, com a carne a se molhar e retremer de frio, o cavalo fixa os olhos num bezerro aos seus pés, que dispara em correria por entre as pernas do rebanho. Num instante o sinal se alastra, repassa-se o recado. Não é porque no chão a cabeça do cavalo já se separou do corpo que não lhe é possível prosseguir a ver. E vê: no afã de escapar, uma das reses tenta saltar por sobre a cerca, cai de volta, é tragada por patas e pisadas; outra, doente, de todas a mais fraca, é laçada sem esforço por aqueles que auxiliam o homem, arrastada até ele através das tábuas de um gradeado estreito; vê como uma luz que pouco ou nada dava sinais de vida se encorpa rápido, ganha forças, vindo ao seu encontro e ao de todos, juncando o chão de terra com sombras projetadas dos mourões das cercas – longas de início, curtas depois, nulas enfim, se retraindo, à medida que no céu queima e se levanta o disco; braço para baixo, braço para cima, braço-abaixo-acima o homem prosseguia, parando a intervalos raros somente para se enxugar e tomar um copo d'água. Nessas pequenas tréguas, quase como um só corpo que sentia perder volume e descarnar seus membros, o rebanho constatava a extensão das baixas. Reduziram-se à metade por volta do meio-dia, quando enfim as sombras dos mourões sumiram; quando, na cidade, os que enchiam o mercado abandonavam suas arcadas para se dispersarem nas ruas ao ouvir soar a igreja.

Dizem que nas ilhas ao sul da Grécia matam-se carneiros segundo um rito preciso: tosquiam-lhe todo o corpo, deixando-o nu, a pele rosada e com ramificações de veias lisas exposta à contemplação de todos; depois, um dos aldeães mais velhos corta uma artéria de suas pernas, e assim o animal é largado a sangrar até que não lhe sobre nenhuma gota nem vontades no interior. Nas cidades sírias, as normas e os preceitos do Livro Sagrado estabelecem que antes de ceifar a vida nos matadouros aquele que maneja a faca deve invocar antes de tudo o nome Dele, o bondoso, o misericordioso, para só então e de um certeiro golpe dar fim a tudo, sem sofrimentos ou rancores. Aqui, porém, nesta cidade flanqueada por montanhas, neste cercado que se banha com raios perpendiculares de um sol que atinge o cume e caminha os primeiros passos da descida, o que se leva adiante pelo homem que já dá mostras de cansaço não é nada mais que isto: a fúria em coágulos, a batalha pura, simples.

A discórdia se instaura no rebanho, e, agora uns contra os outros, cruzando em estouro as cercas, os animais são presas fáceis para os que os laçam, e assim vão se rendendo as reses, deixando-se colher pelas figuras que auxiliam aquele que toma mais um gole d'água e enxuga o rosto para depois retomar suas funções. O homem segue em seu levantar e abaixar de braços, fazedor de mortes, quase no mesmo ritmo que dita e avança e que consome o dia, e a cada traqueia que corta a noite avança, ganha mais um par de olhos, e os olhos dos bois são fechados para depois reacenderem, mirando-me surpresos, dando-se conta de que ao seu lado e ao do homem eu estou; olhos sem brilho ou viço, olhos fitos no olhar das górgonas. E soa a torre da igreja anunciando as seis horas, e no mercado e nas barracas penduram-se despojos, e soa a torre, e na igreja joelhos se dobram, e soa a torre (ruas da cidade que se esvaziam ao longe), e soa a torre, e o homem tomba exausto neste banco ao meu lado, e soa a torre, e até a última de minhas noites sei que terei ao meu redor o rastro destes olhos, perguntando sobre normas, preceitos a reger a vida e a morte, pedindo que lhes relate histórias sobre o pisar dos pés do gado nos vilarejos, nas trilhas que conduzem a Damasco, atravessando os desertos que cercam as cidades sírias.

8

SE NO princípio era o Verbo, e Ele, ao criar a luz, a chamou "dia", e às trevas denominou "noite", logo nomeando, batizando os componentes iniciais de seu relato, não pude fazer o mesmo em relação a ti. Escuta: durante muito tempo busquei a palavra exata para definir os primeiros dias que passamos juntos. A cada fim de tarde eu me deitava a teus pés, observando-te tirar as botas. Recordava então os passos que compuseram nossas horas desde quando nos levantamos. De certa forma, eu os sabia os mesmos. Eram passos cíclicos; eram idênticos: despertar, abrir comportas para a entrada dos sons do mundo, lançar-se às ruas e vencer correntes no mercado; alçar a faca e baixá-la na lida com as reses, amarrar com tua corda as poucas que sobraram; deixar-se tombar num banco secando o rosto até que o último de teus auxiliares te tocasse os ombros e dissesse, Vamos. Retornar então através dos campos, tomar trilhas desertas, sentir crescer a cada passo os vestígios da cidade, que surge enfim: suas ruas, casas, as batidas de saltos sobre calçamentos, a chegada ao pórtico de teu prédio, tendo sobre nós a proteção das asas; degraus espiralando-se contínuos para o alto – entramos em quatro cômodos, então é aqui que vives –, portas e janelas seladas na produção diária dos silêncios; pés que descalçam e arremessam longe as botas, e eu observando teu perfil caminhar em direção à cama. Às vezes, quando te sobrava disposição e tempo, passavas o período antes de dormir sentado à mesa. Eu me aproximava, curvava-me sobre a nuca à minha frente e dava com meus olhos na tua mão direita manejando cuidadosamente pincéis e espátulas. A mão – a mesma que carregava a mancha, a marca – reproduzia no papel cada um dos rostos do gado morto naquele dia, e deles tu recordavas cada traço mínimo, distintivo. Depois, dormíamos (depois que tu selavas teus ouvidos).

E assim seguíamos.

Havia uma música, uma pulsação contínua no ciclo daqueles dias. Mas eu não encontrava a palavra – verbo – para identificá-la. Nem a desejei, no início. Por mais que aquela soma de ruídos – pessoas que se levantavam de manhã no prédio, pernas de homens na via principal, patas do rebanho rasgando a lama até os limites do cansaço, a torre a soar de hora em hora, ditando tempos e compassos, vozes de mulheres convidativas nos becos que marcavam teu caminho de retorno, folhas de janelas que batiam e fechavam e abriam de par em par como ondas de som concêntricas se propagando pelos bairros –, por mais que tudo isso parecesse traduzir uma composição harmoniosa, eu por ela não me interessava. Era meu projeto deixar-te logo; seguir minha vida a salvo.

Porém, à medida que se acumulavam mais e mais no assoalho folhas com pinturas daqueles chifres, de ventres abertos e inertes no matadouro; quando me dei conta de que a poltrona ao lado da tua cama já assumira o formato do meu corpo; quando se tornou claro que meus pensamentos sobre tua presença e o significado dela junto a mim se transformavam numa longa meditação, concluí: eu começava a imaginar uma ordem; a formar um plano.

Passei então a ouvir com atenção os sons – os sons dos dias. Tentava condensá-los todos, reduzi-los a um sentido. Com um papel buscava transcrevê-los, quase como se colocasse notas nas costas daquele ritmo. Mas não tinha sucesso; sentia que, por várias vezes, estava prestes a encontrar uma combinação equilibrada, expressiva; e então, a exemplo de alguém que caminhando vagamente numa estrada de Minas viu entreabrir-se aos olhos a máquina – a engrenagem, a estrutura lógica –, pouco depois eu via também quebrar-se esse mecanismo, dissolverem-se as peças que o compunham, sem que tivesse a chance de esboçá-las.

Foi então que me lembrei da mancha.

Sim, também demoraste a notá-la. Penso que foi ao fim de nosso primeiro mês juntos, numa sexta à noite, no momento em que fechavas as traves do matadouro, apertando com força os laços das correias; olhaste por acaso entre os nós dos dedos da mão direita, verificando a existência de uma nódoa que até então nunca havia ali estado; e qual não foi minha surpresa ao também me recordar desse rastro que por acaso eu sobre ti deixara, e juntos, tu que nunca a viste, eu que dela nem sequer lembrava, juntos nós investigávamos os contornos de uma quase ferida cinza, pequena ainda, porém já inchada, marca destacada em relevo e muito mais macia que a carnadura das cicatrizes que a cercavam; e embora tenha sido apenas num relance que ela mereceu tua atenção – sobre ela caíram as unhas de tua outra mão, e após coçá-la tu seguiste para casa –, a meus olhos, que ao teu lado caminhavam, aquela mancha continha todo um mundo de potências, possibilidades; hoje, ao relembrar aquela época, penso que foi quando toquei tua mão mais uma vez (eu a toco, tu olhas de novo para a mão; para os lados), quando fiz crescer mais alguns milímetros o diâmetro daquela nódoa, que eu pude enfim quebrar a lógica circular de nossos primeiros dias, introduzir uma fissura num muro sólido, uma dissonância numa música.

A música; vendo-te cruzar os campos, acercar-te dos limites da cidade, eu posso ouvi-la novamente. Aperto o passo e te alcanço. Pisamos a primeira rua. Talvez a partir de agora, deste agora que se expande e germina imitando a mancha, tua história e a minha possam juntas – como uma música – seguir adiante.

9

TOCO novamente tua mão; e quase no mesmo instante em que o faço – dormiste naquela noite sentado à mesa – soa a primeira das batidas. É um eco surdo, oco. Tua cabeça se levanta; de novo a pancada, vinda talvez dos confins do andar de cima ou de quartos e camas para além de paredes fronteiras. Outra vez ela se faz ouvir, e outra – mais alta agora. Teu corpo acompanha o movimento do pescoço e da nuca que ascendem, apoia-se no tampo recoberto de folhas desenhadas. As pancadas cessam. De pé, tu olhas ao redor; embora os mecanismos de teu pensamento sejam por enquanto a mim vedados, a forma como se agitam teus membros ao acordar são evidência de uma esperança por explosões remoídas em sonhos, imaginadas. Mas elas voltam. Mais fortes. Rítmicas. Seriam pés? Seriam braços? Teu tronco gira, cambaleia em torno do próprio eixo, os pés descalços buscam as botas. Os olhos se dão conta da luz largada acesa, da cama feita, lisa. As batidas se encadeiam e fazem pensar nos aposentos do vizinho, mas, colando os ouvidos contra os tijolos que separam a tua vida e a dele, o barulho que ainda se ouve – estrondos e pancadas – não parece de maneira alguma provir daqueles cômodos, nem de outros; nem do teto, em cujo reboco teus dedos pousam, buscando a fonte de sons e vibrações; nem do chão, no qual te vejo agachado, vasculhando dobras do tapete. E elas, colisões sólidas sonoras, espaçadas agora a intervalos idênticos – dez segundos –, permitem que teu peito tome fôlego, e que o corpo recomposto cruze a passos largos estes cômodos até a janela, e que a abra, e que a cabeça se projete para fora na escuridão retinta, e mesmo a mim não sendo dado compreender teus pensamentos eles se revelam claros no dobrar de um pescoço, num semblante, perguntando em silêncio para a noite sobre a origem destes sons; ao fim da trégua de dez segundos se escuta outra pancada – elas retornam. Teu olhar busca a igreja. Mas lá ao longe a torre segue quieta, dissipando a dúvida de que os ruídos ali poderiam ter seu impulso, e tu fechas a janela, a recobres com uma manta, deixas-te cair sobre a poltrona. Foi quando contemplaste os lençóis lisos, a cama estendida ainda, que emergiu o alívio e a conclusão: o descuido, o desleixo de quem sobre a mesa e sem tampões se deixou dormir foram os responsáveis; caso sejam selados com algodão os ouvidos, como de fato tu fazes nesta hora, caso se apague a luz – como tu o fazes –, caso se caminhe até a cama – como o fazes –, caso se deixe a cabeça descansar em refúgio apropriado embaixo dos lençóis, será questão de tempo até o sono encontrar uma via aberta, e crescendo, impondo-se ao som das pancadas pendulares, a inércia de quem dorme sairá vitoriosa, aquietando-se a um só tempo os membros e o pulso em suas veias cinza.

Lázaro, preciso confessar-te algo. Não fosse este outro toque de minha mão na tua, as pancadas que nesta noite te perturbam talvez cessassem para sempre. Manteriam, é certo, o mesmo ritmo por algum tempo. Tentariam alcançar-te. Persistiriam. Mas, ao não se fazer ouvir, perderiam o ânimo. Porém eu te toco, e quando tu estás prestes a cair no sono as batidas voltam. Distintas. São agora uma pressão vinda de dentro, que sobe aos teus ouvidos quando engoles em seco. Parecem vir não das redondezas, mas do interior da caixa de ressonância montada nas fibras de teus músculos e ossos.

Tu te sentas. Mesmo com tampões, ouves claramente os baques. As pancadas prosseguem no mesmo ritmo, e a busca por sua nascente talvez deva seguir outra estratégia – é o que pensa tua face ao levantar. Após retirar das orelhas o algodão, as mãos em concha rastreiam sons, porém com mais cuidado, decompondo-os, não se deixando cegar pela ânsia de extingui-los. Ouve: uma batida. Ouve: outra (dez segundos entre elas se passaram sem que os víssemos). A cada uma delas identifica-se um timbre, uma marca distintiva, demonstrando que a tática de mobilizar ouvidos numa busca mais criteriosa, de escutar não o som em si mas o que dentro d'alma dele vem, parece ter surtido efeito. As pancadas ganham nitidez; e quase simultânea a elas ressoa em nós a conclusão de que tais sons só poderiam ser filhos da madeira, da madeira a agredir madeira. Ouve, é tempo de deixarmos estes cômodos. Pois aqui nada resta a investigar, não há nada cujas notas se assemelhem a estas cuja pureza enfim irrompe, se revela límpida:

dois troncos, um de encontro ao outro;
dois troncos, o primeiro a receber os golpes, o segundo que contra ele investe.

Fora de casa, já no corredor, teu corpo se recosta às paredes dos vizinhos, como que perguntando a elas se a madeira de dois troncos lá habita; mas ouve, as pessoas dormem, os estampidos são mais fortes no andar de baixo, crescem de volume na proporção em que se descem escadas rumo ao térreo; e no saguão do prédio, entre ruídos que a cada dez segundos parecem finalmente soar aprisionados, foi quase por um momento que o triunfo brilhou em ti, em mim; para depois, pela primeira vez desde que acordaste, ouvirmos calarem-se as batidas de repente e sem qualquer razão.

Mas não retornes ainda pelos degraus; não percebes que lá fora ainda se ouvem os troncos? Na rua, sigo ao teu lado até a praça bem em frente ao prédio; vejo a forma como examinas cada uma de suas árvores; sinto como cresce tua esperança ao nos aproximarmos das três seringueiras plantadas num tempo de hoje a se perder de vista. Próximas, elas cresceram de forma a terem quase uma copa única, sombra idêntica sobre os bancos. É sentada em um deles que me ponho a vigiar tua busca, vejo-te apalpar com força raízes e caules destas velhas plantas; e elas, do alto de uma sisudez antiga, dizem para mim o quanto é infrutífero o que fazes, Pois não poderia residir na seiva nem na madeira delas o núcleo de onde se irradiam os sons, as três senhoras dizem, e eu lhes respondo estar ciente disso, mas ressalto também ser incapaz de deter este homem, e recomendo paciência, Pois vejam, a elas digo, vejam como ele que há pouco imaginava que as batidas teriam sua origem em vós já se deu conta de ter-se enganado, e como, de pé no vértice de um triângulo formado pelas covas criadas por aquele que há muitos anos aqui plantou três árvores, o homem, a quem Lázaro chamei, o homem permanece sobre a grama úmida girando olhos e ouvidos, e sua audição se dedica a perscrutar os arredores, enquanto eles ainda batem incessantes – os troncos –, mas não aqui. Não na praça. Não neste lugar.

Já é tempo de deixar em paz as árvores. Entramos num dos becos de teu bairro. Em alguns deles é possível, se esticarmos para o lado em cruz os braços, tocar paredes à esquerda e à direita. Percorremos um caminho estreito, e outro e em seguida outro, aos poucos definimos novas formas de caçar os sons: mantê-los sempre à frente, nunca lhes dando as costas; perceber a maneira como agitam a grama e as folhas dos quintais. Se perdemos as batidas, se não as ouvimos, aguardamos dez segundos até recuperar a trilha; e aos poucos vielas aumentam de largura, casas e muros se distanciam. Estico os braços; nada mais toco; permaneço com as mãos no ar; vejo teu vulto tomar distância, e quando corro de novo para alcançar-te percebo ter sido bem mais difícil seguir teus passos; eles se aceleram, confiantes numa ideia que ainda não posso definir, e eu tomo fôlego e me esforço para acompanhar teu ritmo; descemos a ladeira rumo à avenida principal, as batidas estão mais altas, e, ao ver-te escolher a direção oposta à da igreja numa ânsia e aceleração crescentes, eu me pergunto, Que pensas? Para onde vais? Tento ler o teu pescoço, o balanço da linha da cintura, procuro decifrar mensagens escritas pelo movimento de tuas pernas; talvez devido ao ar que já me falta ou às vertigens do cansaço, penso em algo: penso que as batidas revelam uma vida, um movimento pulsatório – troncos – de alguém quase idêntico a ti ou a mim, mas não demoro a pôr de lado essa ideia e me dedico apenas a contar tuas passadas em intervalos de silêncio a cada dois estrondos, dez segundos: vinte e cinco, trinta e cinco passos; juntos disparamos pela avenida, a cidade já me foge aos sentidos, limito-me a seguir-te ouvindo tornar-se mais aguda nossa respiração em coro, e recordo a possibilidade de no fundo ser eu a culpada por tudo isto, e nem percebo afunilar-se a via principal, que dá lugar a uma rua atapetada de cascalho onde quase tombamos e nos ferimos, não ouço sequer os pés arremessando longe as pedras, nem nosso corpo, pois me concentro agora em imaginar soluções possíveis para que tu voltes para a cama e para casa em paz, e nem noto que em verdade o que empreendo é uma tentativa de restaurar a minha, a minha própria, perdida paz.

Chegamos a uma porta. É um conjunto de tábuas altas e maciças, com envergadura suficiente para envolver dez homens. Talvez tenha sido por causa de meu fôlego – pela demora do sopro interior em retornar –, talvez a ausência dele seja o motivo de eu não ter me perguntado que ferrolho é este que acabaste de abrir e por qual passagem entramos, tu na frente, eu como de costume depois de ti, meus braços buscando apoio. Terminamos de cruzar a porta: o saguão é mal iluminado por uma pequena lâmpada. Encosto numa coluna. Tento não te perder de vista. Sinto que elas, as batidas, sinto que os estrondos aqui dentro abalam do teto ao piso. Deixo minhas costas deslizarem coluna abaixo, sento-me no chão. Meus olhos se habituam a esta quase total claridade ausente e, aos poucos, reencontro a cadência velha conhecida em que costumo respirar; com mais calma agora, recomposta, vejo um vulto cruzando o recinto, mãos em concha nos ouvidos, descendo a cabeça de encontro ao solo e levantando-a, rente às paredes.

Graças à luz mínima que irradia a lâmpada, minha vista distingue marcas de pés, rastros de poeira abandonados no chão de pedra. Ao identificar o formato e a história de cada um destes sinais, minha lembrança povoa aos poucos o espaço em que me encontro, e sobre as pegadas se esboçam as figuras de vários homens; dentro de mim elas se formam, eu as vejo; olho para eles, os homens: estão estáticos, muitos com um dos pés no ar. E quando os ponho em movimento sob impulso da memória – e eles então gritam, riem e apregoam artigos quase como em carne e osso –, eu reconheço finalmente as arcadas em que estamos, as barracas, as vigas de ferro elípticas que sustentam o teto; observo dois grandes corredores, os ganchos à espera da carne e do sangue do gado morto, e é como se agora nesta noite no mercado a lâmpada deixada acesa para afugentar intrusos refulgisse tão intensa quanto o dia, e este vozerio fosse quase tão real como o das manhãs. Levanto. Deixo-me levar na multidão. Às vezes, entre os que me empurram, identifico tua cabeça: ela busca os corredores mais estreitos, sempre colada às paredes. E eu, perdida entre a reminiscência física destes homens, eu nem sequer me pergunto como conseguiste a chave para entrar aqui.

Antes que tenha tempo de elucidar razões eu me dou conta de que partiste pelo outro portão; de que também o abriste; de que já estás naquela estrada no outro extremo do mercado – na outra margem –, movido por conclusões que também são minhas: a de que as batidas estão mais adiante; a de que este espaço nada tem a ver com os sons. Olho para a noite emoldurada no portão aberto. As curvas de teus ombros se apagam no escuro. Fosse esta nossa primeira caminhada pela cidade juntos, eu talvez começasse a me agitar, a pensar na possibilidade de perder teu rastro. Forçaria passagem entre todos, recorreria a uma voz que me acalmasse; mas ao contrário dos primeiros tempos, eu sei com precisão qual é teu rumo. Deixo-te ir, aproveito o benefício de mais instantes de repouso. E depois, ao caminhar pelo maior dos corredores até a saída, vendo risos e gritos e vozes e seus rostos evanescendo quando aperto o passo ao teu encontro, sentindo a sola de meus pés abandonar as pedras do mercado para cair no curso desta nossa velha estrada conhecida, eu penso como é estranha minha respiração, que agora não ofega, ainda que eu corra e acelere como antes, e imagino que o motivo seja esta certeza solidificada em mim: a de que logo surgirão à frente tuas costas, teu jeito inconfundível de se mover.

Chegamos ao matadouro. Nos apoiamos em sua cerca. É quase sem surpresa que vemos soltos os laços da porteira: como um pêndulo que se arrasta em arco rente à terra, que escava no barro um sulco, as traves são empurradas pelo vento e se escancaram, atingem o limite máximo permitido pelas dobradiças. Permanecem paradas até que mude a direção do sopro. Retornam, tomando impulso, e golpeiam com um estrondo o mourão-base. E recomeçam quando o vento outra vez se inverte, em ciclos de dez segundos.

Junto ao bebedouro, o único cavalo que restou força os olhos por entre a crina, observa com expressão incrédula os dois perfis: o de um homem, que descansa de uma marcha de seis quilômetros;

o da mulher, ao seu lado e de pé. Vejo como tu buscas as correias de couro soltas, amarras o tronco da porteira ao mourão da cerca com um nó firme. Ao observar-te trabalhar assim, eu quase penso estar num fim de tarde costumeiro. Alguém me dá as costas, retorna para a cidade. Decido permanecer aqui. Me aproximo da porteira, desamarro-a e vejo-a ranger de novo, lenta a princípio mas depois acelerando; em seguida noto como ela e suas traves se voltam em minha direção com toda a velocidade e fúria. Seguro-a; prendo-a novamente. Penso que tudo isso já foi demais para nós dois por hoje.

10

ÀS VEZES penso como é a cidade vista por teus olhos. Às vezes, quando observo árvores nascidas nas encostas e digo, São oliveiras, quando desço os dedos ao solo e sentencio, É a terra do deserto que nos cerca, não demoro a entrar em dúvida; e me pergunto então qual nome tu darias a tudo; de que é feita a matéria que tu vês. De pé no matadouro e recostada à cerca eu acompanho teu perfil desaparecer. A luz de um dia que promete ser tranquilo começa a se elevar da terra. Na cidade os primeiros varredores limpam ruas, mas o grosso das pessoas ainda não se levantou. Haverá tempo para entrar de novo no mercado, trancar as portas. E antes de partir novamente ao teu encontro eu me pergunto se tuas imagens da cidade correspondem às minhas:

fontes, escadarias, velhos bebendo chá de cascas de romã, a chuva fina, hortas e poças d'água, terrenos baldios, bancas que se abrem com atraso pois hoje é domingo, ramos de palmas vendidos aos passantes, a água em gotas pelas calhas.

Tu segues adiante. Parto ao teu encontro. Mas no caminho de regresso vejo-te tomado pela mesma pressa que te conduziu até o matadouro, interpondo, outra vez, distâncias entre nós. Tento acelerar a marcha. As pernas me pesam. Na avenida principal, ao perceber que assumes a forma de um ponto cada vez menor à frente, penso que mais tarde, à noite, quando estiveres na cama, será talvez a hora de te perguntar com uma voz soprada em sonho ao ouvido sobre as razões para acelerares o passo assim. Pois não se calaram os troncos? Pois à nossa volta a cidade não acorda lenta, em seu ritmo?

Tomo fôlego. Tento domar este cansaço que retorna e para mim é uma estranha novidade. E me pergunto se você, e ao dizer esta palavra,

Você,

eu deparo novamente com suas costas quase a meu alcance. Digo outra vez,

Você,

e dou com sua nuca rente aos olhos.

E assim passo a brincar com minha nova descoberta: um jogo de aproximações e afastamentos que manipulo ao dizer "tu" – e tu te afastas – e "você" – e trago seu corpo de novo para minha órbita.

Respiro, descanso os pés, confiante nesse mecanismo que utilizarei ao longo de todo este dia e dos seguintes. Todas as vezes que deseje estar ao seu lado. Ou, ao contrário, queira resguardar certa distância.

Adiante, a fachada da igreja se avoluma contra o sol. Nas calçadas, varredores seguem em seu trabalho. Olho para sua mão direita e para a mancha que, desde ontem, parece ter crescido de maneira quase imperceptível. Olho para as árvores nos canteiros e jardins. *São oliveiras*, penso. Olho as poças: *É a chuva que seca*. Olho novamente a mancha. Tenho a impressão de que se expande e cresce agora, cada vez mais escura, absorvendo-me a ponto de eu não conseguir desvencilhar os olhos dela. Como se, adquirindo voz própria, ela me tratasse também por "você", este pronome cheio de poderes, artifícios. A cada "você" dito pela mancha sem palavras, mas que mesmo assim surte efeito e significados, ela cresce como sorvedouro no qual se acumula toda a minha consciência. E após um breve intervalo em que o céu à volta, os muros, as telhas que recobrem o coreto em frente à igreja adquirem, todos eles, a cor e a textura desta marca, eu consigo, sem compreender direito as razões, recuperar empuxo, colocar-me outra vez de pé numa zona de claridade.

Olho para minha mão.

Está recortada de cicatrizes finas como fios, perfurações de lascas recobrindo os nós dos dedos. Escoriações no punho, veias como braçadas de galhos. Lisa em partes raras da palma e, noutras, dotada de uma textura de cordas de sisal. Avermelhada, clara. Escura no pulso. Latejando nas articulações, sem cutículas, arrancadas. Expondo a base e a raiz das unhas. Mão com músculos latentes que encontro e ponho em movimento, elevando-a até bem a minha vista. Virando-a de costas. E descobrindo, no ponto logo abaixo entre o dedo indicador e o médio, com o contorno de uma fenda, ela – a mancha.

Avisto a vidraça de uma casa. Ao me aproximar, quase caio por acionar um corpo cujo centro de gravidade me é estranho. Miro aqueles olhos no vidro. Procuro, dentro deles, uma pista para os meus. Elevo novamente a mão. Toco sua face, agora minha. Há nos varredores que me cercam algo velado, que não notei antes. Assim como não percebi a forma destas árvores que parecem se metamorfosear em outra espécie, com distintas cores, não o verde-turvo das oliveiras, mas sim um tom puxando para limalhas de ferro. Há o peso neste braço direito. Ao mesmo tempo, a estranha facilidade e força para movê-lo, com ele apoiar-me na parede, ouvindo oscilações compassadas de vassouras descerem a rua. Olho novamente a vidraça. Penso que um caminho para recuperar meu próprio corpo, minha forma de enxergar, seja me fundir àqueles olhos. Chamá-los repetidas vezes de "você". Pedir-lhes que contem sua lembrança, o que os trouxe até aqui, qual a origem dos sinais que se acumulam em torno deles; para, ganhando confiança em mim, me apontarem o rumo de retorno.

Mas outra voz parece vir de um território abaixo, desviando meus propósitos ao menos por hoje. E, ao fitar novamente o interior da mancha, é como se um "tu" fosse por ela dito e elevado de forma categórica – lançando-me outra vez dentro de uma zona escura, desta sensação de estar sem peso. Até que me desvencilho.

Do alto como a enxergo agora, a cidade aos poucos se põe em movimento, articulada em torno da avenida pela qual tu segues, distante, minúsculo, rumo ao pátio da igreja, sem perceber que às tuas costas há uma multidão que acorda. Que ganha corpo.

11

ANTES de correr em feixes e pousar no extremo oposto da igreja, a luz se deixou coar pelo vitral. É uma peça única, isolada, que destoa da austeridade de madeira e pedra de onde estamos. Seus fragmentos e cristalizações de vidro compõem a cena de um homem deitado numa gruta, enfaixado em trapos. Feridas secas lhe recobrem o corpo, e sua sepultura acabou de ser aberta. Ele acorda, cego pelo disco de sol pintado ao longe; olha confuso para um mundo que pensava ter deixado para trás e tenta reconhecer duas mulheres aos seus pés ajoelhadas: uma delas, de vestido verde, estica para o alto os braços, dá graças pelo irmão ressuscitado; outra contempla a pele deste homem, que cicatriza sem deixar vestígios.

A luz cruza o vitral, fixado sobre a porta de entrada. Corre sobrepairando a extensão de um espaço que seria vazio não fosse minha presença, e a tua, e a do padre aqui. O sacerdote limpa os olhos, arruma vestes e paramentos. Contempla o outro extremo e percebe que, atrás da esfera de sol que domina a cena pintada em vidro, outro sol se ergue; e vê assim dois sóis se alinharem, um elevado por pincéis e mãos, outro de matéria incandescente e viva.

Ele observa a ti. Inclinando a cabeça, esboça um cumprimento. Pensa que não tardará para que outros se juntem ao primeiro a aqui chegar. Pensa, ao elevar os olhos de novo para o vitral, na história que ouviu há anos, da boca dos antigos. Diziam que o vitral fora trazido em carroças, protegido por panos sobrepostos. Que, enquanto se erguia uma nova igreja, aproveitando alicerces de outro templo, a peça aguardou por anos, paciente, sem dar ouvidos a boatos que corriam sobre sua origem.

O padre olha a porta. O primeiro dos romeiros já chegou. O sacerdote corre os olhos por uma mulher cuja pele e postura se confundem com as marcas do cajado que a sustenta; desviando dela a vista, sobe mais uma vez até o vitral o olhar, retomando as lembranças. Diziam – recorda – os antigos que o vitral fora criado por saberes de Lisboa, Flandres: O vitral é mais antigo do que a pedra que o sustenta. E pensa também que as pessoas em vidro representadas poderão, daquele ponto alto onde vivem, assistir à missa com perspectiva única; e quando as orações se iniciarem certamente nelas tomarão parte, esquecendo o deserto, a caverna que se abriu para revelar territórios da morte dos quais conseguiu escapar um homem. Do alto, sobre o portal da igreja, verão ondas de romeiros entrarem como fazem agora, secando roupas e dando graças pela chuva que passou, seguindo rápidos pelos corredores laterais e demorando alguns instantes num dos extremos do edifício, na capela, onde depõem no chão os seus cajados. Depois, caminharem até os bancos, ramas de palmas projetando-se a partir dos dedos; sempre desejando estar na frente, próximos do ponto em que incide a luz. Ela que corta a igreja e pousa sobre as minhas e as tuas costas sem que o saibamos.

Talvez me engane, mas lembro que ao olhar para eles eu tinha a impressão de ser idêntica a forma como curvavam os corpos. Era a mesma em todos eles a maneira de dobrar os braços, de reclinar o tronco projetando os cotovelos, descansando-os no espaldar do assento logo à frente, quase tocando os que chegaram antes e conseguiram posição melhor. A meus olhos pareciam os mesmos aqueles terços cujas contas pendiam de suas mãos, apesar de saber que tinham cores distintas: azul, cor de vinho. Havia um menino com no máximo onze anos; ele carregava nos ombros uma mantilha verde. Um velho, vários velhos na verdade, ainda ofegantes por terem subido às pressas as escadarias em frente à igreja. E poucos que traziam velas, envolvendo a chama e protegendo-a das correntes de vento.

O que aconteceu entre nós naquela manhã de missa teve início quando me virei para dizer-te algo, mesmo sabendo que não me ouvirias, e em lugar de teu corpo encontrei uma presença estranha. A primeira de todos a aqui entrar depois de ti e mim havia sentado bem entre nós dois. Tento retomar minha posição; mas a senhora, obediente a uma vontade que não era minha nem tua, a velha eriçada com a dureza dos cajados se ajoelha antes de todos sem que lhe fosse transmitida qualquer ordem e põe-se a proferir palavras que não consigo compreender: pareciam rezas repetidas desde a infância até hoje e que não se alteram. Desprevenido, o padre, cujo cumprimento aos romeiros não se havia encerrado, contrai a boca e os olhos, pensa em chamar a atenção daquela que tomou vias diretas para o que hoje aqui se deverá dizer. Mas recorda tratar-se de uma dos antigos; dos que o precederam; daqueles que durante seus primeiros meses na paróquia ocuparam a sacristia contando histórias sobre o vitral, pisando este chão como a própria pedra e barro em que foram feitos.

Ele se conforma. Olha novamente para ti, e depois para um ponto além de mim. *Já que é iniciada a prece*, pensa, *sigamos seu curso*. Quando começa a repetir em voz mais alta as palavras que o desafiaram, tentando abafar o linguajar da velha, e esta por sua vez encadeia frases contestando a outra voz, foi como se a disputa a duas vozes se tornasse o centro da igreja, o núcleo para o qual tudo converge. Desiguais na vida, iguais na morte, é o que parecia querer dizer a expressão dele. Iguais em morte e vida, reivindicava o semblante dela. O padre e a romeira sabem que por ora apenas eles dizem o que todos iremos repetir, e assim a audiência espera, assistindo à prece que em verdade é luta entre o altar e o banco, a batina e o cajado. O altar reza, dirigindo-se à estátua trazida numa liteira, Salve, rainha, mãe de misericórdia. E a mulher, levantando-se, alcançando a imagem com os dedos, Salve, vida, doçura e esperança nossa. A garganta dele se enrijece, A vós bradamos os degredados filhos de Eva. E a anciã, sorrindo do fundo das cavidades de seus olhos, *Eia, ergo, advocata nostra, illos tuos*.

Antes que ela perceba, recito em voz baixa, *Misericordes oculos ad nos converte*; e por momentos tenho a impressão de que a romeira voltou-se para o meu lado. Mas talvez me engane; pois a mulher olha adiante; e o altar prossegue. E então a reza dela, as palavras dele, suas fórmulas giram em torno de nós e começam a se fundir. No início se estranham, correm separadas. Mas depois serenam, afluentes. Água entrelaçada a água, fala costurada a fala, a língua que agora é de ambos se torna também a dos que se unem à prece, e a oração começa a recortar de lado a lado a nave, e uma voz que contém em si a voz de todos diz, Salve, rainha, mãe, esses vossos olhos misericordiosos a nós volvei. Do vitral, a mulher de braços levantados só tem olhos para o irmão que sai da gruta, mas não deixa de sentir ligeiras vibrações causadas por ondas que se rebatem em sons. Eu me ponho sobre os joelhos, concentro meu olhar nos veios e ranhuras que cortam a madeira destes bancos, tento imitar gestos que me cercam, mas mesmo assim cada um de meus sinais – o da cruz que cruza o peito, por exemplo –, cada um deles se materializa depois da sincronia dos que até aqui chegaram em procissão. A procissão – floração de homens. Por que de repente ela não tem mais rostos? O que é feito do menino, da mantilha, da velha retorcendo os nós dos dedos a interpelar o padre, e do próprio padre, e por que todos eles são aqui neste lugar fora do tempo apenas vozes que repetem, que se enovelam, e me confundem e me dispersam, Salve, rainha, salve?

Ponho-me de pé.

Busco-te ao redor mas não te vejo.

Penso que não posso me deixar cair no fluxo como todos estes outros, repassados de palavras. Que, calando-as – e por isso recubro meus ouvidos com a mão direita e esquerda –, serei capaz de enxergar mais claro. Um homem ao meu lado volta o rosto para cima; outro me acotovela. Mas agora que não ouço suas vozes sinto o mecanismo de compreensão das coisas novamente em mim; e salto entre as pessoas, e percorro, deslizando, cada um dos bancos, e desvencilho-me de suas pernas, mas onde estás? E que sorte tenho ao me voltar justamente quando me posiciono em frente a este sacerdote que pensa ter sido vitorioso na disputa por quem conduzirá as vozes, e, dando-lhe as costas, olhando para a porta de entrada sob o vitral, posso ver o trinco e a madeira que se abrem e o homem que escapa destes territórios para fora, em direção à rua e ao sol.

É que a cidade vazia nesta hora e por instantes que ainda vão se distender até a tarde é lugar tão raro que os dias nos quais procissões entram na igreja carregando imagens devem ser aproveitados não no templo, mas fora dele. Saio também e vejo: tuas costas – sempre elas –, se distanciando. Retiro minha mão direita e a esquerda dos ouvidos. A meia voz entre o céu e a terra, a cidade silenciada se abre em espaços amplos. Eu te alcanço. Caminhamos. É que a cidade, em horas como agora, que lembram madrugadas apesar de já ser dia, possui lugares que sabemos nunca ter explorado juntos. E para eles então nos dirigimos. Passos paralelos e em sincronia, desviamos da avenida costumeira que liga a igreja ao mercado, seguimos no rumo oposto ao de tua casa, e nos bairros mais distantes, que chegam quase a escalar os morros, descobrimos uma rua de portas esculpidas (fechadas e caladas); um pequeno pátio oculto; estátuas amontoadas num depósito; cães de rua tão felizes. Outras coisas mais víamos na cidade em silêncio, e eu poderia aqui me dedicar a descrevê-las, mas a impressão mais forte que guardei daquele dia foi tua reação quando me aproximei um pouco e toquei tua mão direita; toco tua mão; e no mesmo instante, quase como se fôssemos transportados de novo para o adro daquela igreja, um conjunto de vozes a gritar em coro nos alcançou dizendo, Salve, rainha, salve, e o susto em teu olhar foi a mais forte imagem que em mim ficou; era como se à nossa volta o povo prosseguisse a reza, muito embora neste bairro em que estamos seja quase impossível enxergar a torre, o sino, mas mesmo assim as orações em prece se fazem proclamar aqui, Salve, e me pergunto se ao proteger ouvidos assim como agora o fazes tu serás capaz de interpor a quietude perante os sons, Rainha, salve, e essa dúvida me acompanha em cada metro do percurso de volta até caminhos costumeiros, até a avenida, à tua vizinhança, até a praça com seringueiras em frente ao prédio, e também ao longo das escadas edifício acima, Rainha, e teu corpo que acelera mais se projetando casa adentro, e mãos que em vão resguardavam orelhas sendo obrigadas a abandonar seu posto e procurar utensílios como este cobertor com que mais uma vez se recobre a porta, e barragens após barragens se constroem, e meus pensamentos revoltados pelo fato desta missa ter se estendido dia afora, Rainha, mãe, por qual razão, e tu selando todos os cômodos sem no entanto exorcizar a fala, e mesmo ao apertar até o limite os tímpanos com a pele esfolada de tuas mãos a voz que brotou da luta entre mulher e padre é aqui puro alto som em lâmina, Salve; e nem algodões nos ouvidos a expulsam, Salve; e quando tua resistência baixa enfim, e tua presença deixa-se cair ao piso, e eu sentada à tua frente vejo olhos claros bem abertos cedendo espaço a uma entrega e inação que me preocupam, foi nessa hora que sem qualquer motivo aparente eu vi a palma de tua mão esquerda recair sobre as costas da mão direita, recobrindo-a quase por acidente; e, ao ocultar a mancha cinza, crescida, de contornos e fronteiras que se estenderam mais alguns milímetros nesses dias sem que o percebêssemos, ao tocar e recobrir a mancha, as vozes da igreja se recolhem e calam. Ouve: o silêncio. Nem o menor rumor prossegue.

Elas se calam.

E no fecho da tarde que coroou um dia iniciado de madrugada com os troncos, eu vejo teu corpo reunir forças, levantar-se, ir até o banheiro e retornar com um rolo de ataduras e com elas enfaixar parte da mão direita. Penso então: *Vou me deitar*. E por ter adormecido antes de ti não posso até hoje me recordar ao certo o que fizeste enquanto eu, estirada exausta na poltrona, vendo se dissolverem pontos de referência diante de meus olhos, enquanto eu não fui capaz de ver como tu conseguiste alcançar a cama. Contento-me em saber que, ao menos durante aquela noite, teu sono e o meu cobriram a terra como uma gaze.

12

A MANCHA é crosta sólida nas fronteiras que detém com a pele. Em seu interior, porém, ela se expande macia através da carne. Dentro da mão direita a parte por ora invisível desta ferida já progride, conquista territórios e chega quase a penetrar nos ossos. A face que se expõe aos olhos recorda uma aglomeração urbana entre cadeias de tendões.

Toco sua mão.

A nódoa antes limitada pelo espaço entre os dedos indicador e médio cresce mais alguns milímetros. Um pequeno halo avança além das ataduras, primeiro em quase luta contra a pele, depois com ela se reconciliando. Ao mesmo tempo, duas pessoas, uma em cada extremo da cidade, abrem a janela de sua casa, sem nem sequer da outra suspeitarem a existência, e quase como se o combinassem batem seus tapetes contra as paredes que dão para a rua. O som dos tecidos sobrevoa os telhados, sobe lento como volutas de fumaça em direção ao prédio, entra em nossos cômodos, preenche espaços brancos de teu sono, e as mãos que batem, batem tapetes em bairros inacessíveis, parecem viver entre nós dois aqui, segurando o homem, sacudindo-o pelos ombros. Você acorda. Olha para a mão direita. É mínima a porção da mancha que escapou ao curativo. Um tapete bate; e o segundo como que responde. A parte da ferida que ganhou espaço possui tons quase azulados. Sua mão esquerda ajeita a atadura, procura fixar os esparadrapos que perderam aderência durante a noite, e ao tentar fazê-lo dão-se conta de que as bandagens já são menores que a extensão da própria mancha; sim, é possível recobrir este halo azul, mas não sem permitir também que partes mais antigas do ferimento se libertem e deixem ver, e três são agora as pessoas que contra muros batem; pelo ruído de seus gestos, a última delas a surgir me parece velha e calma, dedos que alisam fios antes de suster o conjunto pelas bordas; não sei se em você ocorre o mesmo, mas em mim estes sons que ouço não demoram a compor imagens, a formar desenhos, e, ao ouvi-los, não somente enxergo cores curvas de tecidos que se arqueiam para o alto e descem mas também distingo o som moldado em rosto desta última figura que surge junto às outras: recoberto pelo pó jogado ao ar por seu tapete, batido apenas uma, duas vezes, o velho retorna e se recolhe quarto adentro, estendendo sobre o chão o pano, e nele deita, dorme rápido sem ouvir ou deixar-se afetar por outras mãos que batem, batem e ressoam em nós: duas delas ajustam uma manta – pesada e flácida – no varal e a contemplam: pelos de carneiro entrançados; outras duas, mais distantes, se deixam conduzir escada abaixo, alcançam o pátio interno e os jardins de sua casa, desenrolam sobre a grama uma peça de leveza quase aérea e, manejando com carinho a escova, dão-lhe últimos os retoques.

Você desenrola as ataduras, levanta a mão contra a claridade. A ferida respira e se mostra inteira; após desfazer todo o curativo seu impulso é tocar, sentir a mancha, mas antes mesmo que seu dedo a alcance outros tapetes começam a bater e nestes cômodos querem entrar, múltiplos, incontáveis. A palma da mão esquerda recobre as costas da direita. Ruídos calam. No banheiro, a água corrente sobre a ferida, os linimentos que se aplicam, o cuidado com que você passou azeite sobre a mancha antes de enfaixá-la com laço mais extenso e firme recompõem o silêncio em seu lugar. Porém, na rua, esforçando-me para seguir o ritmo de seus passos, penso contrariada que por causa dessas faixas novas não mais será possível dar vozes às tapeçarias. De que eram feitas? Que diziam? Toco novamente sua mão, e uma parte recém-nascida da mancha se projeta em um halo azul sobre a epiderme, fugindo às bandagens. Ouça: novamente os panos; sim, eu sei, compreendo: quando viro minha cabeça e meus olhos para o lado e para cima e para baixo também não os vejo, mas se toco sua mão de novo é como se estes sons se decantassem em formas, fazendo com que eu os contemple frente a frente. Ouça: o homem que dormia sobre o tapete já acorda. Passa longo instante com uma expressão vaga. E lá está a outra mulher, a dos pelos mortos de carneiro, aproximando deles as narinas para ver se o sol os fez enfim cheirarem bem. E outra, num pátio cercado de jardins e percorrendo satisfeita os fios de uma trama limpa, e quase como se no lugar dela estivesse eu me dedico a tatear esses padrões, mas quando estou prestes a compreender o seu traçado você arruma a atadura, repuxa-a sobre a mancha e os sons refluem, apagando as imagens.

Toco sua mão.

O halo cinza-azulado cresce um pouco mais. No interior da carne e de suas fibras a mancha é de cor terrosa opaca, distinta da que se expõe ao mundo. Por entre a parte livre de seu machucado penetram de novo sons do homem que dormia sobre o tapete, mas que agora acordado se põe de cócoras, olhando ao redor antes de cobrir com as mãos a linha das sobrancelhas e calcular o tempo dormido, bastando para isso ver pela janela quanto baixou o sol; além dessa janela há uma rua que, seguida até o fim, conduzirá até o varal de outra mulher magra e com peso no semblante, que pensa: *O cheiro de carneiros entranhado nesta manta nunca cessará, por mais que ela queime e seque, fazer o quê.* Talvez por isso seja tão forte a chibatada que na lã ela desfere, forte e alta a ponto de o assustar, ouça, olhe: essa figura magra e em desalento por quem você busca não está aqui na avenida principal, não; por mais que sejam investigados estes rostos que ao nosso lado seguem, entre eles não há ninguém reproduzindo gestos que pudessem corresponder a sons de golpes, golpes na lã, e mais um golpe, pois o que há aqui, concluem seus olhos, é somente o fim de uma via que se afunila como sempre ocorre nesta hora, quando juntos, eu, seu corpo e outros se espremendo ombro a ombro escoamos entre arcos de uma porta de envergadura ampla, cruzada toda manhã.

Há tapetes no mercado. Nas barracas de tecidos, mais ao canto do caminho principal que dará na outra entrada. Mesmo sabendo ser hoje um dia diferente, não posso evitar pensar em como é estranho ver você sobre balcões forrados de peças em várias cores, ignorando a fala e a insistência dos que as vendem. Diante do balcão da principal barraca você mira o fundo, o depósito. O vendedor, julgando existir lá a mercadoria que chamou sua atenção, pede, Aguarde um instante, e corre até as arcas, retorna quase sem fôlego com uma peça, Veja, textura como esta dificilmente outra vez poderá nascer. Mal sabe ele que de fato o som que você ouve, somente ouve, mas tão nítido que é quase como se o visse, é isto – o som da chibata, de golpes sobre pelos de carneiros, tão próximos como se no fundo desta loja estivessem, tão claros que é possível dizer sobre a mulher em frente à manta que ela já se cansa agora, retira o peso do varal, arrastando-o em ombros.

Os ouvidos desmentem os olhos: dizem, Neste espaço, atrás do balcão ocupado apenas pelo vendedor, há também um homem velho acocorado, que gira a vista, investiga os arredores, e, ao certificar-se de que ninguém o espia pela porta do cubículo em que se hospeda, ele levanta, retira de uma sombra atrás do armário um cântaro de água pura, lava o pescoço, os braços, os pés e as mãos, busca em sua mala outro tapete, posicionando-o no assoalho rumo a uma direção precisa, sobre ele se ajoelha, para depois curvar o corpo e com a testa tocar o tecido repetidas vezes. Os ouvidos dizem, Tão real quanto este homem estrangeiro na cidade, este forasteiro em prece, é o som cujas ondas deixam ver outra mulher num pátio interno, conferindo com olhar feliz a tapeçaria limpa, não aceitando ajuda de vultos femininos que se oferecem para também enrolar a peça, cuidando ela mesma de fazê-lo, cedendo por fim ao argumento de que este volume é longo demais para alguém levar só, e então, tomando o conjunto em uma das extremidades, ela caminha com sua criada escada acima. Dizem os ouvidos que a outra mulher, a com mantas de carneiro sobre as costas, que esta mulher os fez lembrar de uma história: a de um homem que se escondeu sob o corpo destes animais, conseguindo por eles se fazer passar, enganando seus perseguidores até fugir e voltar para casa. Os ouvidos dizem, mas se calam, quando após tentar repuxar sobre a ferida a atadura e constatar que a faixa já é pequena e curta, e pedir ao vendedor o favor de ceder a você de graça um trapo, e recebê-lo, obrigado, e amarrá-lo em torno da mão direita, recobrindo a porção mais nova desta mancha e de seu halo azul, que caminha decidido já na direção do punho, os ouvidos se dão conta de que a eles não resta outra opção além de nada mais dizer, apagando-se diante de nós o homem que reza, a mulher que sobe a escada, a outra mulher com lã e cheiro tristes.

Toco sua mão.

Na estrada em frente ao mercado quase não se vê ninguém. Atrás de você e um pouco mais à frente seguem apenas os que se dirigem ao matadouro. Como de hábito, caminham em fila, separados. Nunca conversando. Por isso é estranho que em lugar da voz calada nossa de toda manhã haja estes barulhos que não podem provir dos pastos, nem das casas de fazendas tão distantes; pois como, nestas extensões verdes, se poderia ouvir os passos de um homem que encerra as orações e se levanta até a janela, medindo e de novo avaliando o sol, como se calculasse alturas do sol que brilha aqui? Ou desta outra que desenrola com enlevo sobre o chão da sala seu maior tesouro, fazendo com que o barulho do cilindro que se desfaz desperte em mim a impressão de que ele recobre esta estrada? Talvez seja verdade, digo em seu ouvido, talvez o som do tapete sobre a terra seja uma verdade enviada para agasalhar os pés destes homens que caminham em fila, abrindo a porteira e começando a preparar o gado.

A mão que carrega a mancha é a mesma que segura a faca, e talvez por isso a você a tenha esquecido, sem notar como se esgarçam as ataduras a cada choque dela com as corcovas, com as gargantas, sem perceber que cada um destes animais que cai o faz depois de roçar quase sem querer no curativo, desfiando-lhe os panos, sem que você perceba dessa forma que por baixo e em interstícios dos sons de bois que mugem choros há algo diferente querendo se fazer ouvir, e que, não fosse o baque dos cascos, dos chifres, eu poderia afirmar que cada um dos tons de cores destas reses corresponde a formas e desenhos de centenas de tapetes batidos, arrastados, limpos, lavados ou unidos um ao outro na cidade por costuras firmes, mas o dia passa, a tarde passa e o rebanho tomba, na cidade o homem avalia o sol e conclui ser hora de rezar uma última vez, e ouça, não receba como ofensa estas palavras que direi, mas se você não estivesse ofegando e com a atenção tão presa a pensamentos de morte ao fim de seu trabalho, prostrado assim num banco, poderia perceber que a mão agora é livre face ao mundo para escutar, mas nem sequer a nota, e já em casa, após sentar na cama, neste momento em que a órbita da minha e sua história completa o fim de mais um ciclo, não perceberá nem hoje ou noutro dia que fui eu quem, com o cuidado e o carinho de uma filha ou mãe, toquei mais uma vez nesta sua mão, mas para lavá-la, deixá-la limpa, envolvendo-a com faixas que amanhã você imaginará sempre, sempre terem estado ali.

13

DIZEM os versados na ordem natural das coisas que os sons são ondas. Propagam-se pelo ar segundo as mesmas leis de anéis concêntricos da pedra que perfura a água. O homem que fala é pedra. Ao falar, fura o ar como se fosse água; ao arremessar no mundo o peso de sua voz ela se irradia e alastra, ouvida primeiro por aqueles que junto dele vivem, depois em casas e ruas adiante, e talvez além, nas praças e bairros próximos, captada por homens com audição mais fina; depois decrescerá de amplitude, suas vibrações deixando-se fundir ao ar. Não cessará a voz de existir porém: aos cães, aos pássaros, a todos os seres de sentidos aguçados ela ainda se permite. E o homem que gritou já há alguns minutos e que calado esqueceu em meio a outros afazeres a razão da própria raiva não pode imaginar que ele, que seu grito, que ele ainda percorre a terra, atravessando o espaço, captado não mais na cidade, pois a abandonou faz tempo, mas sim por roedores e seres das campinas, que fogem julgando haver um inimigo ali; mas pouco a pouco até mesmo àqueles não mais será dado ouvir.

Dizem os filósofos naturais que o som, em virtude de propagar-se num meio físico – no ar e na água, que são fluidos –, dizem que por mais que decresçam em altura os sons não morrem nunca. Vivem. Existem. Ainda que não reste sobre a terra alguém capaz de percebê-los; ainda que, solitária, a voz arremessada como pedra ao ar tenha superado a própria vida de quem a disse.

Nas ruas onde hoje à noite homens brigarão rixas simples de porta de bar, nestas mesmas ruas, escondidos nos desvãos das pedras, ainda persistem dessa forma sons antigos. Mas para ouvi-los há que se ignorar os primeiros deles, os evidentes: ignorar os sons mais jovens, recém-nascidos, de superfície e relevo espessos – gritos e copos que se enchem; pois numa camada logo abaixo destes e quase inaudível ainda existe o som remoto em sua origem – o dos tiros sobre um soldado debaixo de fogo nas trincheiras; o das mãos do centurião de Roma escavando o solo, estourando torrões de terra, forma única de esquecer a dor dos ferimentos. Aquele capaz de captar em sua plenitude os sons veria assim se dissolver o tempo. É como se os passos que durante anos contribuíram para desgastar degraus de mármore ressoassem no mesmo instante aqui agora. Curioso, porém, que todos estes sons carreguem um mesmo signo: o da lembrança que lateja e dói, propagando-se pelo ar como herança de anéis concêntricos.

Os sons têm vida póstuma.

14

COMO os sons que ouvi quando, numa tarde, baixei minha guarda e fui novamente surpreendida pela mancha chamando-me, Você. Olho para minha mão. Em torno dela há camadas de ataduras. Tento mover meus dedos. Mas as bandagens os prendem e tensionam, fazendo com que apontem adiante. Desamarro nós, arranco curativos. Fito aquela pele de superfície machucada e irregular.

Abro e fecho repetidas vezes sua mão tão distinta da minha, sentindo, à medida que o sangue nela volta a correr, articulações maciças finalmente obedecerem a meus comandos. Examino a mancha: isolada entre duas veias grossas; tendo outros ferimentos em torno de si. Passo a ouvir sons que me parecem vir não desta estrada ou de pastos à volta, mas sim dela, da própria mancha. Vozes que trazem, em seu tom e modulação, um jeito de falar antigo, quase uma memória, como se aqui, neste mesmo ponto onde estou de pé, tivessem sido ditas por outros homens, há vários anos, revivendo ao meu redor, tocando-me como quem adquire consciência. Miro novamente sua, minha mão: julgo que seus dedos estão menores. Na palma logo abaixo deles, as feridas pareceram regredir, cedendo lugar a uma pele lisa, como a de um menino.

Alguém me empurra as costas. Um homem cuja cintura está pouco acima da linha de minha cabeça se adianta, respondendo a perguntas daquele que segue logo atrás de nós e que me empurra novamente, até chegarmos à porteira que diviso no interior da chuva. Ouço elevar-se a voz do homem que já está lá, postado diante dos troncos, dizendo imprecações contra laços que recusam ser desamarrados, e, com o auxílio da água, deslizam. Ele grita em direção ao curral. Em resposta, surgem outras vozes. Seguidas instantes depois por aqueles que as proferiram, e que se põem a auxiliá-lo no trabalho contra os nós, que terminam por se render.

Aquele atrás de mim forma uma barreira com as pernas, represando meu caminho para dentro do cercado. À nossa frente, movimentando-se através de uma luz que transcorre lenta, arrastada, disputando espaço com o vento e o chuvisco fino, há silhuetas que de início me recordam homens curvos, inclinando repetidas vezes sua cabeça até o solo. Mas não poderiam ser. Não com aqueles olhos de maneira toda própria, volumosos a ponto de impedirem de fechar a mão que porventura os arrancasse, que tentasse envolvê-los. Sinto mais um empurrão nas costas. Chego mais perto deles, olhos. Que se sustentam, perolados, escuros, sem nenhuma revelação do que contêm dentro, situados logo abaixo de chifres, examinando-me sem timidez alguns, outros com círculos em torno que logo identifico, antes de recuarem, como pelos brancos. Eles se movem, incessantes, conduzidos ao meu redor por pescoços que se entrelaçam. E em cada um, refletida, eu recolho uma partícula, um fragmento de minha nova imagem, e monto, a partir deles, o rosto e corpo de um menino, que se avolumam em toda a nitidez quando um dos homens ri e me empurra outra vez de encontro aos olhos. Vejo o semblante do menino voltar-se faiscando na direção daqueles logo atrás, a cada vez que o empurram; seu cabelo tosado rente, os ossos sob a pele delicada, os ombros para cima em postura de ataque, provocando outros risos e empurrões para dentro das pernas e dos cascos dos animais. Dele, o que me recordo em detalhes são as mãos: finas, com dedos compridos e flexíveis, unhas torneadas lembrando extremidades de pincéis.

Me afasto, atravessando o rebanho. De posse novamente de meu corpo, encontro uma localidade segura nesta lembrança, posicionando-me num ângulo reto entre duas vigas, protegida dos costados que vão e vêm, que recuam ante o avanço do garoto a cada golpe de punhos que recebe. Cães ladram. Dois pássaros pousam na cerca. Um homem amarra a porteira e passa a patrulhar o perímetro do curral, grita para os que contêm o menino. Outro submerge no interior dos bois, puxando pelo pescoço um bezerro caramelo e branco de três ou quatro meses de idade, que crava na lama as patas dianteiras, usando-as como alavanca de impulsos para trás. Do vértice entre aquelas vigas, eu escutava vozes longínquas daquela tarde, dizendo entre elas que o mínimo de tempo devia ser gasto com o rebento humano e o dos animais, únicos entre nós, pois ainda temos mais trabalho adiante. Alguém traga logo as pedras de sal grosso, coloquem nas palmas dele. Digam que o deixaremos ir embora quieto se apenas as estender à frente, isso, assim, paradas, como uma oferenda, veem como o bezerro nelas já fareja o sal e também sossega?

Fita o bezerro enquanto lambe suas mãos. Vê que possui cílios longos e uma expressão quase feminina. O ventre macio, liso, pernas que relaxam enquanto recolhe o sal e se deixa envolver como dentro de um sono. Deixadas sós, unidas pelo sal, as duas crias não percebem que a mesma vontade que trancou a porteira e estabeleceu ordem entre todos se aproxima agora com um saco de estopa, que depõe e abre no solo, escolhendo, entre três facas, a mais leve e menor. Pensam – o bezerro e o menino – naqueles grãos com dureza de cristais, até que o último deles acabe. Ao limpar as mãos na calça, o filho dos homens quase não se dá conta do cabo de lâmina enfiado entre seus dedos, da pressão para que se fechem – cerrem;

simultânea ao tranco que o projeta adiante; à dor que se apodera de seu braço, obrigando-o a seguir em trajetória a faca. Outros surpreendem o bezerro. Colhem-no, tiram-lhe o chão. Ao se verem unidas assim à força, as duas percepções que há pouco eram apenas a boca que come o sal, o vale interior de duas mãos, se surpreendem por estarem presas num aperto repentino, a ponto de quase por dentro explodirem. Estranham, ambas, também aquele grito breve, que logo dá lugar a um choro monótono e agudo, decresce de altura, aprofunda-se no silêncio de uma familiaridade forçada que se desfaz quando braços de homens que atavam os dois que foram, dentre seus rebanhos, os escolhidos, os soltam e libertam, observando como um deles tenta sem sucesso conter a cabeça do outro, que, apesar da pouca idade, cai tal qual uma pedra antiga, póstuma como os sons desta lembrança.

Eu recuo. Tento me apoiar ainda mais nos mourões da cerca. Mas eles cedem, parecem fugir da minha vista, a exemplo destes ruídos cada vez mais baixos ao redor. Que caminham para longe. Levam embora imagens. Antes que o último dos homens deixe de falar, percebo que diz algo em tom de riso sobre aquelas duas mãos rosadas e minúsculas, que se esfregam uma contra a outra, tentam se livrar do sangue. E antes que tudo desapareça ante meus olhos, e o passado se torne uma região deserta, o que vejo, e ouço, naquela tarde, é quase um retrato delas: no centro da moldura do curral, palma colada a palma, em movimentos reiterados, mobilizando as unhas, empenhando-se em debelar, apagar o sangue.

15

NARRO – e minha voz procura um curso. Achei estranho numa manhã que prometia ser como qualquer de nossas outras que você tenha tomado rumo oposto ao da avenida principal e do mercado, seguindo por vielas que eu nunca havia visto, cheias de oficinas de ferragens e pequenos armazéns. E que, ao contrário da antiga delicadeza de seus passos – que evitavam choques, desviando-se da pressa alheia –, que hoje você não pense duas vezes antes de forçar caminho. Procuro o tom exato para descrever essa cadência nova, ansiosa, mais acelerada que o normal, semelhante quase a um barco a pique, sôfrega e aguda de seguir, dando voltas, parecendo andar em círculos. O bairro das oficinas fica para trás. Surge o dos açougues e revendedores de animais silvestres. No chão de um beco há um córrego de esgoto onde seus pés não pensam duas vezes antes de cair. Eu me recosto à parede, procuro ilhas secas, evito sujar a barra de minhas roupas, e ao permitir assim perder-me em cuidados de repente não o vejo mais. Sigo os rastros de lama de seus pés. Dou com você na porta de uma venda perguntando, acompanhando com os olhos a indicação de um homem que aponta adiante. Estranho para mim é esse seu jeito curvo de andar, um braço amparando o outro. Jeito de seguir não naquele fio de prumo exato que se irradiava a partir de sua casa, lançando-se pela cidade em direções precisas, mas, ao contrário, por caminhos colhidos na boca de homens e crianças. Confesso ser nova essa sua forma de se aproximar dos outros com palavras, e penso que faz pouco tempo que ouvi pela primeira vez sua voz, ainda não me é clara sua voz, e me dou conta de que se rompesse os laços, abandonando você para reencontrar depois, por acaso, noutro canto da cidade, e de que se entretida não o visse aproximar-se e tivesse como guia único o som dessa sua voz, penso que muito provavelmente continuaria a dar-lhe as costas.

Desconheço as razões: mas cada uma das pessoas de quem seu corpo e voz se aproximam, após ouvi-lo, reluta em responder, depois aponta o mesmo rumo, uma região na qual esta cidade se torna mais deserta e árida. Não de homens – não, pois estes ainda há aqui –, mas de algo semelhante ao ruído e à música que povoam lados costumeiros em que andávamos. Há um vácuo aqui, há uma falta de manhãs e tardes limpas, há nódoas nos muros e paredes. Chegamos a um sobrado antigo. Atravessamos seu jardim vazio. Portas abertas pelos corredores deixam ver salas sem ninguém, e andando atrás de você eu penso que está por sua própria conta e risco, sem que eu possa dizer qual das escadas deverá tomar, se este ou aquele cômodo dará em algo diferente de quartos com papel de parede úmido e sem nenhum móvel.

Até que no fim do corredor colado ao sótão ouvimos sons que lembram passos, e quando você bate à porta e ela se abre, um homem em cujos olhos parece desenhar-se toda a mágoa desta vizinhança surge no umbral, abotoando o jaleco, ajeitando os óculos. Um longo tempo ele fica à sua frente, como a impedir a passagem. Depois afasta-se um pouco e nos deixa entrar. Na mesa há vidros. Nos armários, instrumentos de vida e morte. Num estojo de metal, uma seringa e ampolas me fazem por instinto proteger meus braços. Vocês se sentam. Fico em pé.

E lá fora, sem cessar, prossegue a engrenagem da cidade, portas abrem, pessoas retornam e partem, aqueles que ao seu lado trabalham todo dia dão por sua falta, depois se arranjam e esquecem, enquanto aqui nesta sala a pouca luz que havia de manhã já decai em sua força e dois rostos permanecem de frente um ao outro sem proferir palavra. Separados pela mesa. Nela com as mãos postas.

Confesso, Me cansa vê-los. Penso que esta é uma terra tumular, vazia, para a qual vim contra minha vontade. Que não faz sentido algum permanecer neste consultório cheirando a mofo com duas criaturas sentadas em extremos da madeira sem falar. Vejo o homem tomar uma caneta com dedos angulosos, abrir um volume encadernado, escrever na página a data de hoje, e só. Vejo o outro homem ensaiar uma conversa como fez nas ruas, sem mostrar-se contudo capaz de uma fala simples; pois tem medo; pois se calou aqui, como sempre o fez. Penso que a mim porém não fazem medo os corredores que descem, bifurcam, se entrelaçam e confundem até a rua. Que ao contrário destes dois serei capaz quando quiser de deixar para trás este sobrado e procurar lá fora um lugar à beira de uma árvore. E, nesse refúgio, tranquila e confortável, olhando de longe o que nesta sala ocorre, estarei ao abrigo de seu ar impuro e sua luz fraca. Por isso me retiro a passos rápidos até a calçada em frente, sento num banco ao lado de uma moita em flores, e noto satisfeita que daqui é possível ver a sala em que trabalha o médico – na janela sua presença e a dele. Noutro bairro, nesta hora, seria tempo de crianças já voltarem para casa riscando trajetórias como a dos pássaros, mas aqui, para onde você me arrastou, nada há que indique o fim do dia além de figuras com marmitas secas, pele e rosto de carvoeiros; mas já termina o dia, eu sei. E me alivio ao ver que na janela o corpo do médico rompe a imobilidade no consultório, movendo-se em sua direção. Há voz e fala, enfim.

Já é tarde quando você retorna à rua. Passa direto, entra num beco. Lá em cima, o médico se põe a escrever por horas, pressiona a caneta e vira as folhas. É única no prédio a luz de sua janela. Ninguém perceberá se eu subir, voltar. No consultório, aproximando-me deste homem pelas costas, apoio-me com carinho em seus ombros, espio a folha de papel onde, numa caligrafia bela, laboriosa, a primeira frase que percebo é "pois os desta terra"; olho para os lados, para as prateleiras atulhadas de fármacos, de éter, álcool, tento refletir sobre o que li, mas as páginas já se viram e os dedos que escrevem deixam adiante a mesma marca, ela, "pois os desta terra"; e, quando o homem abandona a mesa, deita-se no sofá e apaga a luz, eu me sento na escrivaninha examinando o caderno, desejosa de acordá-lo, de perguntar, Que há com esta terra? Mas concluo que a melhor maneira de saber é retornar até o princípio, à data escrita logo que seu paciente sentou-se aqui, e, percorrendo as linhas, ouvir o que esta figura magra que se revira e cobre no sofá me diz.

16

"... POIS os desta terra nunca deixaram que eu lhes estendesse a mão. Fizeram o mesmo que a outros forasteiros: não proibiram minha vinda, mas reservaram-me o olhar de canto, as vozes baixas. Permitiram que me instalasse no centro da cidade, num bom ponto ao lado do mercado; que gastasse tudo em móveis, vitrines limpas; que expusesse como um tolo os meus livros. Mas nunca bateram à porta. Vim para esta cidade atraído pelo mesmo engodo que trouxe tantos outros que para cá mudaram e foram embora: o de que os ritos, as festas, as danças na praça do mercado e as missas que se dizia às vezes durarem o dia inteiro, que a caça e o abate dos animais que viviam nas montanhas flanqueando o mar, que as conversas em grupos e as lutas estariam também à minha espera, e que um médico lhes seria mais que útil. Mas não. Nunca vieram. Nunca cruzaram a porta. Preferiram por certo as rezas e galhos de sálvia das benzedeiras, ou então a morte. Pois os desta terra pareciam divertir-se em assistir à minha queda. Sei que deviam apostar quanto tempo levaria para mais um que se instalou partir. No dia em que fui obrigado a fechar meu consultório, lembro ter quase surpreendido um sorriso, um gracejo neles. Lembro que, após ter mudado para esta vizinhança, insisti; perguntei sobre o sobrado em ruínas, o preço de uma sala: e recebi em resposta os mesmos ombros para o alto e olhos que desconversavam. Então entrei com os restos de meus móveis e ocupei um quarto no andar mais limpo. Nunca me expulsaram. Nunca cruzaram a porta. Por isso me surpreendi, hoje, ao receber a visita daquele homem. Por isso achei fundamental reportar seu caso. Ao vê-lo, reconheci o rosto. Era o que passava toda manhã em frente a meu consultório antigo e cruzava o mercado. Era o que, apesar de ter o tom de pele e os gestos dos desta terra, parecia despertar – eu me lembro – reações estranhas. Não, com ele não faziam o que estava reservado a mim: uma ausência total de reconhecimento. Tratavam-no como um deles, mas lhe endereçavam um outro tom, um quê de falar que o tornava diferente. Via sua cabeça alta passar por minha vitrine toda manhã e pensava: *Somos dois os estrangeiros*. Por isso, ao abrir a porta hoje em resposta às batidas, dei-me conta de que só mesmo ele dentre todos para vir. O homem entrou e sentou-se à minha mesa, sem palavras. Lembrei-me de que nesta terra ele era o único de quem nunca ouvira a voz. De meu consultório antigo eu tinha tempo de sobra para observar, e via-o enclausurado na distância que impunha aos outros. Uma noite, quando eu fechava as portas, acabei seguindo-o. Notei quando entrou naquele prédio arqueado, aos pedaços, no qual ao ter de deixar meu ponto tentei me instalar mas não consegui.

"Ao vê-lo sentado no outro extremo da mesa, pensei no que diziam meus professores, Ao paciente cabe o início. Por isso esperei que dissesse o que o trouxe a mim. Mas ele insistia no silêncio. Olhei para seu rosto: era sadio, nada indicava um enfermo. O pescoço era forte. Sólida a constituição. Mas notei que bandagens envolviam toda a sua mão direita. Ao perceber meu olhar, retirou a blusa. E notei que as faixas de seu curativo se estendiam na verdade até o cotovelo. Levantei-me. Decidi tomar a iniciativa, Pelo visto é este braço que o traz aqui. O homem não respondeu nada mas arrancou esparadrapos, desenrolou gazes. E por toda a superfície da mão direita, recobrindo-lhe as costas e também os intervalos entre os dedos, subindo pelo punho, avançando na pele e na carne até o fim do antebraço, deixando ver aqui e ali pontos que tentavam cicatrizar aparentemente sem sucesso, um ferimento estranho se revelava, semelhante a uma simples mancha nalguns pontos, e noutros a algo que mina e corrói os músculos, tomando seu lugar; sólido por vezes, mas também flácido, com tons de cores variando do cinza ao azulado, através dos quais se podiam divisar com perfeição – mais do que no braço esquerdo, onde a pele permanecia intacta –, fios, sinuosidades de veias que se recolheram quando me aproximei.

"Ao que parece, é diferente de uma ferida ou inflamação normal, eu disse quase só para mim. O homem contrai o braço. A estrutura, prossigo, poderia lembrar a de uma reação alérgica, mas não pode ser, é muito mais profunda e irregular, embora seja possível divisar padrões. Sente dor?, disse quando alcancei sua mão, pressionando-a de leve.

"Mas ele não responde. Desde o instante em que retirou as faixas o homem se agitava na cadeira, girando o pescoço ao redor como quem procura algo. Voltava, às vezes, o olhar em minha direção, esboçava uma frase. Houve momentos em que parecia prestes a dizer, contar. Eu tentava estimulá-lo mantendo-me quieto. Não perguntava, nem sequer o tocava. Mas sua figura parecia não querer ou poder se dedicar a mim. Vivo e trabalho só numa casa antiga. São comuns, aqui, à noite, os estalidos. Quase não os noto. Quase não existem. Mas estranhava-me o fato de que, a cada pequena quebra na madeira de meu forro, por exemplo, aquele homem se acuasse em si, procurando com o olhar no teto o som e sua origem. Vivo num sobrado no qual aprendi, com o tempo, a dormir tranquilo, dizendo que os pés nos corredores não eram passos, mas sim o peso da madeira envergada em sua estrutura própria a corroer-se e acabar, a destruir. Se à noite uma das calhas se soltava e caía no pátio num estrondo, eu dizia, Esta casa, como alguém avançado em anos, também possui seus tempos, seus limites. Com o passar dos meses esses sons para mim não existiam mais; tentei até mesmo, com algumas ferramentas que encontrei no sótão, dar alguma ordem à entrada, escavar a terra dura do jardim onde plantei sementes. Por isso me irritava aquele homem em meu consultório, não dizendo nada, ignorando minhas perguntas mas acusando, a cada reação e movimento, a existência de rachaduras, de estalos, de vigas e canos naquele instante se partindo, de portas e rangidos que me custaram tanto a esquecer, de alicerces de uma casa condenada à morte (talvez seja por isso que os desta terra observem das ruas lá debaixo com tanto gosto eu sozinho a viver aqui). Tinha vontade de dizer àquele que não me falava nada, que se limitava a perscrutar o teto e as paredes, enquanto recobria, enquanto apertava e feria os machucados do braço, tinha vontade de dizer-lhe que tivesse mínimo respeito por quem o recebeu de boa-fé, que dissesse algo que permitisse diagnosticar seu mal. E o incômodo das rachaduras nas paredes prosseguia como fala autônoma.

"Sente dor?, insisto.

"Não. Não era somente aqui. De alguma forma, eu o sabia. Por um momento todos se calaram: o forro, o teto, as arcas, os canos de chumbo e os corrimões partidos, as portas quebradas, os tacos arrancados deixando ver a terra no chão da sala; a casa se aquietou inteira, numa dessas tréguas breves que eu e ela conhecíamos. Mas o homem, ignorando-nos por completo, prosseguia a procurar em torno com os olhos, a tentar dizer para depois se assustar com algo que nem eu nem a casa éramos mais capazes de ouvir.

"Penso ser minha obrigação manter a calma. Que a ferida exposta poderia doer a ponto de afetar seu raciocínio. Sem que ele opusesse resistência, tomei novamente as gazes e enfaixei seu braço. Ele finalmente se aquieta, fixa o rosto agradecido em mim. Toma fôlego. E então pela primeira vez sua voz.

"Disse que, à noite, antes de ir para a cama,
removia as bandagens para lavar e aliviar o braço.
Que ao fazê-lo ouvia troncos de uma porteira
uns contra os outros, no matadouro,
sabendo assim quando os laços que os prendiam caíam soltos.

"Disse que também à noite nessas ocasiões
a força das batidas dos tapetes
agitados durante o dia marcavam rastros
que permitiam identificar suas cores.
Especialmente quando, com a janela aberta
de frente para torre da igreja,
o braço estendido para fora ouvia.
Como quem vê.

"Não é raro, segundo alguns especialistas, disse a ele me recostando na cadeira e tentando me recobrar, que algumas doenças estejam associadas ao desenvolvimento da audição. Embora ninguém saiba estabelecer as bases para isso, é fato que os tuberculosos, ou tísicos, são capazes de escutar muito melhor que um homem comum, ou até que animais. Mas, veja, não quero alarmá-lo, e por isso pesarei bem minhas palavras, mas nada em seus sintomas ou constituição leva a crer que seja a tuberculose sua doença. Sinto dizê-lo, e, veja, nada pode ser definitivo antes que partamos juntos desta cidade que no fundo é um exílio, que eu o acompanhe em seus exames. Mas, olhando esta pele, esta ferida que se dissemina e alastra, bem como recordando a aparente ausência de qualquer sensibilidade ou dor quando pressionei a ponta de meus dedos em sua mão direita, tudo leva a crer tratar-se dos estágios iniciais da doença conhecida como o mal do sangue, o mal bruto, o mal de Hansen, o mal do estigma, a lepra, o mal de Lázaro. Sinto. Mas é preciso que partamos rápido.

"A luz do consultório se inclina em ramagens amarelo-escuras sobre o tampo da mesa, separando meu corpo e o dele. E essa cunha de luz inerte projetada entre nós dois se encarrega de reter os últimos ruídos, como se a casa baixasse as mãos, recolhendo sons antes de deitar. E talvez por isso eu não veja nada, não ouça os passos dele ao partir. Tenho sono. Penso que fiz o que podia. Pois os desta terra nunca permitiram que fizesse mais."

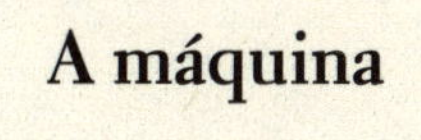

A máquina

17

E ME vi andando ao redor de ti na mesa, em casa, enquanto tu desenhas rostos de novilhos mortos.

O choro dos bois surgiu à noite, quando deixávamos o matadouro. As faixas que apertavam teu braço direito e parte do tronco tornaram mais difícil e arrastado o trabalho. Por conta disso, éramos agora os últimos a sair. Aqueles que até pouco antes, ao fim das tardes, depois que se guardavam os cutelos e se lavava da terra o sangue escoado, aqueles que te ofereciam goles d'água limpa e tocavam teus ombros, dizendo, Vamos, aqueles foram os mesmos que se reuniram em assembleia pouco depois de tua ida ao médico e disseram, Se é para errar e vacilar nos golpes, atrasar serviço, torná-lo penoso a todos, é mais que justo que sejas o último a sair e te encarregues também de enrolar as cordas; de espalhar forragem para os que sobram; de separar peças do rebanho para a lida de amanhã; de atar com força os laços da porteira para evitar que se desamarrem à noite, como vem acontecendo sempre. E que esse braço não se aproxime nem contamine a carne dos bois.

Envolta em bandagens, tua mão direita toma um lápis, esboça o contorno de um novilho. Puxo uma cadeira. Sento ao teu lado.

O choro dos bois irrompeu no escuro, depois de cumprirmos o que ordenaram. Pouco se importou o choro com as ataduras em camadas que isolavam de teu corpo os sons, pois fez-se ouvir num grito – solto – no caminho. Ao escutá-lo, retornamos correndo ao matadouro, pensando: *Estão abertos os laços, escapa alguma rês.* Mas ao chegar vimos os mesmos flancos de sempre, recuando, amedrontados. Esquece-me a memória da forma exata com que veio o choro, se do escuro do cercado e por isso dando a impressão de estar ali. Se das fazendas logo atrás. Se dos cimos de rochas que eram quase molduras nossas, no interior das quais andávamos. Mas o fato é que sua voz era alta a ponto de nos fazer achar que, solto nos pastos, talvez um pouco atrás, poderia haver um animal ferido que se desgarrara dos outros.

Tua mão direita arruma a lâmpada da sala, faz com que a luz incida no papel. Desenha de um novilho outras partes: o dorso, a cernelha, a fronte, os chifres, o osso sacro, o costado.

O choro prosseguia, permanente. Onipresente, recaía na estrada, nas valas e nos córregos, entre passos que andávamos sobre ondulações desertas. Paramos um instante; tu ajeitas curativos; repuxas bandagens. Pois até que se descubra a origem do lamento será necessária a paz que se encontra ao chegar em casa e poder dormir. Mas sempre o choro ainda assim aqui, lembrando a primeira vez que o Conselho da cidade disse, Teu lugar será a partir de hoje no matadouro que erguemos fora de nossos limites, e ao lá chegar haverá alguém te esperando, nas mãos o cutelo que se usa para desossar, vês?, se usa assim, e noutra mão a faca curva que ele te põe pela primeira vez nas mãos, e as mãos dele forçando trajetórias que as tuas cortam na garganta do bezerro caramelo e branco que homens traziam – ele se debatia –, e o choro dele foi quase o mesmo deste que nós dois ouvimos hoje, nos pastos, presente aqui, ainda que mais baixo tenha sido o daquela tarde, lembras que ele quase escorria em fios?

Desenha a espádua, os cascos, o chanfro, a marrafa, os quartos posteriores, os anteriores, a região do íleo.

Resiste o choro a avanços de ataduras guardadas como reserva nos bolsos do casaco e que se puxam agora enquanto o corpo senta no chão da trilha, tira a camisa, improvisa outros curativos sobre partes sãs da pele, repõe vestes, levanta com quase toda a extensão do tórax agasalhada em faixas para descobrir que de nada valem essas medidas e que ao lamento original somam-se outros – vozes-coro. Sabe o pranto que nas ruas em que agora entramos seria possível assumir disfarces, ora o de conversas em cadeiras à porta das casas, ora o de panelas chiando ao fogo, ora o do choro e dos nervos destes homens, e seria esse o mais fácil de reproduzir, mas prefere a voz de animais seguir em sua feição de veias, ligando cilhas em carne de ilharga edificada em músculos.

Desenha os músculos.

Desenharias como todas as outras noites em que, após chegar em casa, fechar a porta, cerrar janelas, selar cômodos e frestas e ouvidos, sentar-se à mesa, partir o pão, tomar e elevar até a boca a jarra d'água, buscar lápis e pincéis e prepará-los com a tinta que melhor se assemelhasse às cores daqueles que tombaram na data de hoje, desenharias como sempre o fizeste, comigo apoiada na solidez de teus ombros, dizendo de mim para mim, Talvez seja esta uma forma de extrair da morte grãos de paz. Desenharias assim, como fizeste desde sempre, não fosse a persistência do choro destes bois que hoje, somente hoje, parece perfurar toda a cidadela erguida, persegue-nos desde o matadouro até aqui; e por isso, antes de sentar, passas alguns momentos correndo a casa de lado a lado, de alto a baixo, até que algo em teu olhar parece concluir que de nada vale seguir erguendo muros, fazendo e desfazendo ataduras no banheiro numa tentativa de cobrir algum ponto das feridas por acaso ou engano deixado livre; melhor é desenhar da mesma forma de todo dia, ainda que ele – o choro, as vozes – não se cale, não se calem, melhor talvez seja ignorá-lo, e por isso sentas à mesa – ainda que vozes falem –, tomas como sempre lápis e pincéis – ainda que falem –, seguras entre os dedos indicador e polegar um carvão com que esboças a face da primeira rês morta logo de manhã. E, quando o rosto dela começa a nos fitar do papel, viva novamente em traços, é como se o choro dos bois surgido na primeira hora desta noite não tivesse outra escolha que a de ceder de altura, já que dele retirou-se uma voz – a da rês branca, pequena, com manchas negras no olho direito e no esquerdo, chifres curtos, arqueados, testa limpa e boa, que tua mão envolta em faixas traz para o papel na forma exata com que olhou da última vez.

Tua mão desenha outra rês; e outra; outra; e do coral de bois que choram vão saindo pouco a pouco vozes, como que colhidas do ar em torno, transportadas para as folhas. Desenhas como quem guia o rebanho em sentido oposto ao dos que o arrastaram até o curral e a faca, como se tivesses descoberto hoje uma forma de conduzi-los – neles descobrindo mãos –, como quem abre os laços da porteira e deita abaixo os mourões das cercas, como se em meio a ossos, a carcaças e despojos em torno dos quais se elevava o choro, como se para eles dissesses, Venham, é este o caminho, e então eles se levantam em fila, atravessam de cabeça baixa os campos, entram em silêncio por becos da cidade com todo o cuidado para não atrair a atenção dos homens, encontram o teu prédio, sobem casco ante casco a escada, e, um a um, baixando a respiração, desaparecem dentro do papel onde tu desenhas. E nele dormem. Encontram pouso.

Desenhas como quem segura firme uma recém-descoberta aldrava, sabendo estar agora em seu poder bater à porta – ou calar o som.

18

DESENHAS por toda aquela noite até que se calem em definitivo os animais e somente reste a voz de uma chuva fina, remota, lá fora, para além de janelas e paredes. Chuva que a mim muito custa ouvir por conta do cansaço que faz com que eu me recoste de bruços sobre a mesa. Minha cabeça oscila, pende solta sobre os braços, e quando retorna como de um mergulho num espaço que se abre a meus pés ela quer te perguntar, Por que não dormes?, não descansas?, visto que as folhas que pintaste estampam rostos que repousam, como se falassem, Por hoje é só. Mas tu prossegues. Desenhas. Crias formas. E cada vez que adormeço por instantes e depois acordo nesta dor e desconforto, sinto-me tentada a romper a regra do silêncio que me impus em relação a ti; penso que talvez seja melhor dizer-te, Aqui estou; mas então seria a morte de tudo o que vivemos e de eventos que ainda estão por vir, e por isso encho-me de paciência, vou até a pia e lavo o rosto, volto para o teu lado. Três dedos feridos de tua mão direita seguram um pincel com o qual terminam de colorir uma longa faixa de chuva que o vento lançou oblíqua na cidade. E me ocorre a ideia de caminhar para a cozinha e através do vidro da janela verificar o estado desta chuva que já partiu e se foi decerto, penso, visto que já não a ouço, penso, pois já está calada aquela voz que caía num milhar de dedos finos sobre o prédio. Reflito que ao menos será bom para mim contemplar partículas de ar úmido e também o rastro limpo que deve ter deixado a chuva. Será um bom estímulo ao meu sono e infusão de ânimo para atravessar a noite até que decidas ir para a cama. Mas como é estranho, ao olhar pela janela a primeira coisa com a qual dou de encontro é a água em jatos contra o vidro, e apertando com surpresa os olhos vejo lá fora uma chuva que piorou de humores, agitando para lá e para cá e para lá a copa das seringueiras da praça em frente, acumulando forças sobre a torre da igreja como se desejasse talhar sua pedra. E somente a vejo, não a ouço, ainda que na janela encoste meus ouvidos.

Retorno para a mesa. Noto que a chuva que puseste em traços no papel reproduz idêntica a que lá fora se estende como fúria muda e líquida. Toco a folha. Por baixo do velame de tinta azul sinto uma pressão quase igual à de punhos que batem do outro lado da parede, querendo sair, fazer-se ouvir: como ludibriados por alguém que os guiou para o interior de cercas, limites, dizendo, Venha, é este o caminho.

Encosto meus ouvidos na pintura. Ouço a chuva, enfim.

19

QUANDO me vier a hora de compreender razões, símbolos, motivos, eu talvez consiga entender como de um momento para outro foste capaz de aprisionar com teus desenhos sons que até então corriam livres. Desde o princípio do mundo, o Verbo, ao se materializar em sons, desde a primeira manhã dos tempos, Ele nunca lhes impôs limites. Como poderiam as mãos grossas e severas de um homem simples violar uma ordem assim estabelecida? Mas elas desenham, pintam e me ignoram.

Desde que sons foram lançados como pedras ao mundo e o Verbo disse,

> Árvores, e som de folhas;
> Terra, e som de arados;
> Água, e cair de gotas,

desde essa época não há fronteira que o som não possa ultrapassar. Mas agora essas tuas mãos, em casa, à noite, parecem ter descoberto dom inverso. Escuta: lá embaixo, no saguão de entrada do teu prédio, alguém abre a porta. Após soltá-la, suas duas folhas permanecem oscilando. E me espanta a rapidez com que começas a traçar contornos daquelas tábuas, das dobradiças, fazendo com que se calem totalmente o som da madeira e dos rangidos, embora a porta ainda se mexa por longos instantes. No saguão, a pessoa que acabou de entrar põe-se a conversar com outra. Tu, vários andares acima, dedicas-te a no papel reproduzir retrato exato dela e de seu interlocutor. E me surpreende, ao ver completo este desenho, não ser mais capaz de ouvi-los, embora eles ainda lá estejam, e falem, e digam, e riam (somente mexem lábios, para mim).

Desenhas rápido. És preciso em teus traços. E foi assim nas noites seguintes, durante as quais folhas e folhas eram preenchidas com esboços e pinturas de casas dos vizinhos, do corredor e da escada do edifício, de todos os recantos do saguão, de um anjo de asas rígidas como vértebras esculpido sobre o pórtico de entrada, forçando os olhos em minha direção. Tomam forma reproduções da praça em frente. Daqueles sentados em seus bancos. De rostos costumeiros rindo nos bares, à noite, enquanto enchem e esvaziam copos. Desenhos do mercado. Pinturas do matadouro. Eu recolhia os retratos que no chão lançavas, sentando-me com eles no tapete, e era quase como se contemplasse um mapa, um catálogo de figuras, tipos humanos, de construções e recantos da cidade, um inventário de um mundo com centro em tua mesa, de onde tudo, a partir de agora, se irradiava. Ou melhor: um mapa de silêncios com vértice em tuas mãos.

Silêncio somente para nós dois, porém. Somente para nós pareciam se calar os sons. Pois na cidade, aqueles que tu puseste no papel conversavam como se nada houvesse. Andando nas calçadas ao teu lado, sentando-me sozinha na praça por horas para pensar e refletir, correndo bancas de peixes e frutas, juntando-me a rodas de senhoras de idade que sabiam da vida de cada beco, cada rua, eu tinha a impressão de que, para estes seres, tudo persistia o mesmo; que a parcela de som aprisionada destinava-se somente a ti, a mim. Percebo como agora, ao chegar em casa do trabalho, tu abandonas por completo o hábito de erguer barreiras nas portas e janelas e de selar ouvidos; vejo-te recomposto, descansado, sentado na poltrona que era minha, aproveitando o resto de sol que entra. Desenfaixas o braço direito, o tronco. Livres, eles respiram.

Toco tua pele. Feridas crescem um pouco mais. Porém é com determinação que agora corres de encontro à mesa, desenhas o rosto do som que acabaste de ouvir; ele silencia; e só o escuto quando pouso meus ouvidos no papel.

Nas ruas, circulando entre teus iguais, ainda usas faixas para ocultar os ferimentos daqueles que te contemplam e comentam teu aspecto. Mas não em casa. Não mais diante de meus olhos. Numa noite em que pela primeira vez dormiste com a janela aberta, pus-me a andar ao teu redor, examinando teu corpo machucado, exposto agora. Vi as feridas que tomaram teu braço direito, alastraram-se pela metade superior do tronco. Vi o braço e a mão esquerda, intactos. Pernas ainda fortes, limpas. Perguntei-me se ainda havia razões para eu aqui permanecer, atravessando noites insones. Ou se ao contrário era tempo de dizer, Parto, adeus. Mas, fizesse isso, de que serviriam todos aqueles sons que desde que toquei tua mão direita pela primeira vez eu me dedicava pacientemente a coletar, ouvindo-os em cada timbre, através de tua pele e com tua ajuda, à custa de tantos ferimentos (perdoa-me)? Sons que me ocupei em descobrir, catalogar? Sons no interior dos quais procurei uma lógica, um nexo que por vezes parecia ao meu alcance; sons de sinos roucos no fecho das tardes, quando retornávamos do matadouro, que se misturavam a sons de teus e meus sapatos, pausados, secos, que se uniam por sua vez a sons de aves pairando em céu de chumbo no caminho pelos campos, e que, somados dia a dia a outros sons que passei a ouvir graças a ti (perdoa-me, só por isso te feria), encaixavam-se como peças de uma engrenagem, compunham por instantes quase uma música, uma máquina, para depois desaparecer, fugir?

Caminho até a janela. Olho para fora. Pessoas na praça se levantam e vão para casa. Devem ter ouvido a torre da igreja, que diz ser hora de voltar. Torre que sou incapaz de ouvir desde que a aprisionaste no papel, com cuidado e esmero semelhantes ao de arquitetos de outros tempos, que projetavam abadias e catedrais pensando em eternizá-las, conferir-lhes vida. Hoje, quando atravessávamos o mercado em direção ao matadouro, paraste em frente a um dos vendedores de papéis e pigmentos. Escolheste a melhor das folhas: ampla, de textura firme. Ao tocá-la, percorrendo com os dedos suas fibras, minha mão colocou-se paralela à tua, investigando aquela extensão branca; e ambas, minha mão leve e fina, tua mão calosa, na qual chagas se ocultavam sob panos sujos, juntas elas pesavam o destino a ser dado àquele papel ou tela à noite, sobre a mesa.

Saímos tarde do trabalho, sós. Voltamos pelo escuro seguindo a estrada que vai do matadouro até o mercado. Após pegar a chave, tu abriste e trancaste a porta pesada, que dava para os fundos da galeria. Atravessaste o corredor central vazio carregando a folha num tubo de couro. Abriste e fechaste a porta da frente. Espantaste as crianças que lá te aguardam gritando para o homem com o braço enfaixado, de quem se diz ser um dos poucos a ter acesso ao lugar onde se matam reses e meninos, e do qual quase ninguém retorna.

Virá o dia em que, após chegar em casa, tu desenharás cada um desses moleques, dando fim a seus gritos, xingamentos. Então ao menos durante alguns anos, até que cresçam, estarás livre de suas vozes. Quando se tornarem vozes de homens feitos e aprenderem outras ofensas, também serão caladas. Mas não hoje. Nesta noite, antes de chegarmos, vi como paraste por longo tempo diante da igreja, mirando a torre. Teus olhos mediram e avaliaram as dimensões da construção: na fachada principal, quase como um prolongamento dos arcos que compunham a entrada, elevava-se um campanário simples, sólido. Era uma torre que nascia poucos metros acima da janela do vitral, abrindo-se no topo numa cavidade que abrigava o sino. O sino bate; marca compassos, horas. À nossa volta pessoas correm. Ficamos nós dois de pé enquanto a cidade reflui.

Uma ardência repentina ataca as costas de minha mão direita, difundindo-se por toda a sua superfície. Momentos depois, concentra-se num foco logo abaixo de meus dedos indicador e médio. A dor cede, ergo novamente os olhos. Procuro o grupo que te cercou desde a saída do mercado até aqui. Não o encontro. Mas prossigo ouvindo suas vozes, cada vez mais baixas, recordando-me ruídos vindos de longe, talvez de muito mais longe que o dia de hoje ou de ontem. Se não enxergo os moleques, isso pode se dever ao fato de meu olhar ter-se fixado tanto tempo no ponto que era a dor em minha mão. Penso que, ao esquecê-lo, em breve estará dissipada esta névoa. Ouço novamente vozes. Do fim da avenida principal uma turba de crianças corre atrás de um menino com roupas sujas, cabelos eriçados. Por um momento o grupo some de minha vista, quase uma lembrança que escapa. Mas reaparece, nítido. Passa correndo rumo à escadaria da igreja. No entanto, não há mais escadas. No local em que até há pouco permanecíamos diante da torre, vejo agora um pasto de cavalos em cujo centro uma capela com uma pequena cruz é o ponto ao redor do qual correm o menino e os que gritam logo atrás.

Outra voz intervém entre as crianças. Há nela algo que parece transportar uma claridade de fora, estrangeira a esta noite, fazendo-a retroceder, transformar-se em fim de tarde, conforme a pessoa que a proferiu se perfila entre nós como um daqueles lustres de ferro antigos. Ela grita ordens. O grupo de moleques se dispersa. Com exceção do menino de cabelos arrepiados, que se mantém quieto. Que observa o estranho dar-lhe as costas e caminhar até uma elevação ao lado da capela. O garoto avança um passo. Ensaia aproximar-se. Vê a pele translúcida, recoberta por um paletó de brim cinza, um colete verde. Mais próximo, percebe que ela traz um cheiro marinho, e, quando o estranho se agacha para remexer num estojo, o menino nota a calvície começando a tomar forma. O homem retira uma folha de papel de um tubo. Ajusta-a numa armação de madeira.

Hoje, quando o passado se liga ao presente numa linha de pontos que se ilumina, e a cada pulsação de dor em minha mão eu tenho permitido breve acesso a esses lampejos, que se unem, pouco a pouco, e formam a trajetória que percorrem tuas lembranças desde o início, naquela tarde, até esta noite em frente à torre da igreja, eu me lembro de quando a torre era apenas um conjunto de traços, figuras geométricas que o menino descobriu ao aproximar-se ainda mais do arquiteto, na folha que ele esticava no cavalete. Nas tardes seguintes, ao retornar do matadouro, atrasando sua volta para casa, buscando espaço no meio das pernas dos anciães do Conselho que rodeavam o homem e seu esboço, o menino ouvia, tal como eles, a voz que explicava cada detalhe da igreja que emergia no papel: suas duas colunas, as escadas que se poderiam construir à frente, aproveitando a inclinação natural do terreno, que, ao fim do declive, daria num pátio, este que pisamos hoje, onde se ergueria um coreto.

Lembro – quase como memória própria – da impressão que causaram aqueles dedos longos, delicados, ao trabalharem, quadriculando folhas, criando seções que aos poucos se sobrepunham à imagem da capela, aproveitavam sua estrutura, alicerces. O menino busca lugar entre todos. Examina os desenhos. Percebe – para sua surpresa – ser capaz de vê-los projetados no espaço; ampliados no tempo. Certa tarde – ele dera um jeito de fugir mais cedo do matadouro – pegou um dos tijolos que os serventes traziam. Arremessou-o contra o chão. O arquiteto interrompe o trabalho, vira. Quando está prestes a dizer, Suma daqui, àquele moleque que só agora nota às suas costas, ele se dá conta de algo familiar. Antes que possa descobrir de que se trata, repara nos riscos que as duas mãos pequenas produzem numa superfície seca de cimento, manipulando lascas dos tijolos. O homem afasta-se do cavalete. Entrecerra a vista. Curva-se sobre o menino. Retorna até seu estojo, busca uma folha, estende-a no solo diante daquele que não cessava de riscar e que recua, contraído, ao notar sua presença. O arquiteto puxa um lápis do bolso do paletó. Diz que o deixará aqui, ao lado da folha. Levanta, mostra uma zona iluminada. Vê aquele ponto?, diz, de costas novamente. Ali será mais fácil trabalhar.

Nesta noite, quando nos perfilamos, outra vez, no mesmo local por ele indicado, entre as vozes deste tempo presente, que passam e falam, quase encobertas pelo sino, podemos distinguir, ao fundo, outra voz mais baixa, remota, ensaiando uma aproximação, da mesma forma como aquele que a proferiu fazia todo fim de tarde quando caminhava até a criança, recolhia a folha que ela abandonava no solo antes de correr, examinava-a, corrigia algum erro, para colocá-la no outro dia novamente no mesmo – neste – lugar, ao lado de outra folha, branca. Parados aqui, nós a ouvimos sugerir – de longe, guardando distância do menino que chega e observa as folhas – possíveis modelos. Vê as árvores?, diz a voz. É por elas que se pratica e começa. As fachadas e os prédios devem ser deixados para o final.

Até que silencia, e o que resta são apenas sons de hoje.

Firmamos os pés na região mais clara. Contemplamos a igreja. O sino bate sucessões de meias-horas e tu permanecias, corpo estático, unhas cravadas no interior das palmas. Já era tarde quando finalmente retornamos. Na sala, abriste o tubo de couro, desenrolaste com cuidado sobre a mesa a folha, fixando-a com tachas no tampo, tomaste o lápis, quadriculando com uma régua o papel, em seguida esboçaste cópia exata e em menor escala da igreja, das sombras nela projetadas pelas árvores da praça, dos buracos na fachada, que serviam de ninhos para aves que se recolheram há tempos e que dormiam ventre a ventre, indiferentes àquele som (batem horas), àquele som que percorria a igreja a partir da torre, descia do topo por entre tijolos e areia solidificada, atingia fundações, se elevava até o piso, ressoava solitário entre os bancos no interior do prédio já vazio e onde nada há além de estátuas com olhos de íris difusas, retornava escalando o campanário até o sino para unir-se a sons mais jovens, imperiosos, ávidos para dali caírem de vez no mundo, até a cidade. Sentada ao teu lado como faço toda noite, eu via materializar-se cada vez mais no papel tua obra: dois anjos no portal ladeando um homem; abaixo, a seus pés, uma mulher; acima e ao lado, rostos graves e de olhar fixo. A cada traço, a cada sombra, a cada cor, a cada forma, a cada cornija ou janela de púlpito desenhada, a cada risco que reproduz a extensão da cumeeira do telhado era como se debelasses sons nascidos lá no alto, no núcleo da torre (batem horas), dominando-os como um braço que empunha a rédea, aprisionando-os no interior do papel, fazendo com que cessassem destes sons as forças, ainda que eles lutem, se rebelem.

Mãos grossas, severas, mãos de um homem simples levantam para o alto a folha em que jaz, terminada, a igreja.

Caminho até a janela. Olho para fora. As últimas pessoas na praça se levantam e partem. Ouvem com certeza repiques de um sino que para mim e para ti se cala. Encerrado o desenho, percebo como ele é o mais perfeito de todos que fizeste até hoje, melhor do que pinturas que exigiram outras técnicas, esforços por dias seguidos. Talvez por isso eu compreenda este orgulho com que levantas, caminhas até a parede oposta, escolhes um ponto de destaque bem longe dos móveis e fixa nele a folha: a face e os olhos deste templo (pois há algo nesta tua igreja que me lembra um rosto esculpido em frontão de pedra).

É no papel que batem horas. Nele encosto meus ouvidos. Mas recuo, não pelo clamor do sino, mas por ter notado tua presença atrás de mim. Trazes com pressa uma pintura feita ontem, esquecida sobre o chão. Lembro-me dela: uma aquarela de mulheres no pátio em frente à igreja. Vou para o lado, abro passagem. Vejo como, após contemplar por breve instante a igreja, tu colas a pintura do pátio bem abaixo dela, reproduzindo quase na íntegra a disposição original das duas construções reais lá fora. Foi assim com outras folhas recolhidas às pressas pela casa, algumas com marcas frescas de pincel e traços fortes de carvão, outras criadas meses atrás no tempo, redescobertas, recolhidas do chão ou de gavetas, da cozinha, do banheiro, de fendas atrás dos móveis, por ti coladas neste instante lado a lado na mesma parede branca. Não a esmo, mas seguindo um plano – o do mapa da cidade, o do núcleo irradiado pela torre da igreja. E mesmo antes de nos recolhermos e dormirmos eu de alguma forma sei que tudo isso continuará em outros dias, quando, de volta do trabalho, sujo, exausto, tu sentares novamente nesta mesa, onde sem demora começarás a aprisionar outros sons colhidos no caminho.

Dias passam. Olho as paredes da tua casa. Nelas se forma, aos poucos, um mural: pátios; casas baixas; ruas curvas; poças, após dias de chuva; praças, cheias nas tardes. Ao sul de uma avenida a igreja, no ponto que é o mais alto. Ao norte, o pátio do mercado.

É uma memória auditiva essa que trazes todo dia, recriando o mundo no papel, em casa. Os sons: desloco minha cabeça em direção às folhas, vou ao encontro deles: ouço as dobradiças da porta do prédio, que se encaixam aos pés de crianças jogando futebol na praça, que se ligam, por sua vez, aos eixos das rodas das carroças. Ouço quatro mulheres à margem das pedras de um lago, ensaboando roupas (o baque das roupas nas pedras; mulheres cantam). Ouço telhados de casas que nunca visitei e sobre um deles há um homem que trabalha (o braço que remove as telhas; ele conserta os caibros). Há um saber estranho em ti que parece estar atento ao lugar exato onde colar cada esboço a carvão, pintura ou desenho, unindo fragmentos, mantendo proporções da cidade original.

Caminho até a janela. Olho para fora. Num raio que se estende por dezenas de quilômetros nesta noite além daqui, a cidade já se cala há tempos, silenciada por obra tua. Penso que, se te permito prosseguir assim, dentro de poucos dias não tardarás a deixar de ouvir a voz do último dos seres. Penso nos poucos sons que ainda restam lá fora para ti, para mim. Sento-me ao teu lado. As folhas da janela batem. Penso que se te permito prosseguir em tua arte colocarei em risco minha própria obra – tudo isto que tu, eu e os que nos ouvem vivemos até hoje. Tudo que se encerrará na noite de amanhã, nas fronteiras de teu último desenho ou pintura. Amanhã, quando a mim também não for mais dado ouvir nem homens nem o mundo, e só me restar a opção de saltar por esta janela – como salto agora –, e perdendo alturas e vendo aproximar-se o solo – como agora –, contemplar esta cidade toda de silêncio invadida e a contragosto reconhecer: venceste a luta.

Volto para a poltrona ao lado da tua cama. Curvo-me sobre ti. E me recordo de tua mão esquerda, até hoje sem feridas, inocente, limpa.

20

TOCO tua mão esquerda.

21

E HAVERÁ amanhã um som cujas cores e contornos tua arte será impotente em fixar; amanhã à noite eu te aguardarei em casa; teus passos, sólidos, pesados, subirão a escada; tu entrarás, palmas rígidas pressionadas uma de encontro à outra, como segurando em concha a água que buscaram numa fonte. E, após caminharem até a mesa (e terei a impressão de que vertem sobre o tampo de madeira o próprio som colhido), as mãos tomarão lápis e pincéis, começarão a desenhar, silenciando os sons daquele dia.

Desenharás em detalhes dois objetos: um tacho de cobre, reluzente, cuja limpeza tomou longas horas numa cozinha de outro bairro, ressoando em teus ouvidos; uma polia fixa numa árvore, que, tão logo esboçada em alguns traços, se calará também. Depois o sono fará com que teu corpo deixe a sala, se banhe e limpe, retorne em direção à mesa, contemple as duas obras produzidas.

Tu caminharás até o mural, colando ao lado de outras pinturas os desenhos do tacho e da polia (da qual penderão os pés amarrados dum cordeiro morto). Mas será na cama, com o braço direito ferido pendendo desenfaixado em direção ao solo, enquanto o ferimento da mão esquerda quase não se nota e as manchas no dorso são escondidas pela aridez dum tecido áspero, será na cama que acordarás num sobressalto. Ouve: são os troncos, *será que sonho*, é o que pensarás, Na porteira do matadouro batem de novo os troncos e ainda é noite, uma voz em ti dirá. Mas, ao contrário da primeira vez que os ouviste, julgarás saber o caminho para de vez silenciá-los: este papel e este pincel são o veículo.

E assim às pressas, quase às escuras, buscas no estojo carvão e pigmentos, com eles pensas ser capaz de reter as linhas destes mourões de pinho. À medida que progride o primeiro esboço, as batidas – troncos – silenciam quase como um pulso que adormece. Pena que elas sejam apenas o prenúncio de outro som, este sim mais turvo, impreciso.

Amanhã, quando retornares para a cama sem nem sequer colar ao mural o desenho da porteira, pois estarás exausto e isso pode esperar, amanhã haverá outro ruído crescendo de volume: é a tosse de uma mulher doente já há vários meses, tosse líquida em sangue dessas que se cospe na bacia ao lado; seguida de passos daqueles que correm à sala para buscar um candeeiro aceso, da família que acorda às pressas; e tu levantarás, correrás de novo em direção à mesa, em tentativas de desenhar a face de um rumor rouco, enquanto filhos e netos à roda de uma cama dão-se as mãos e a tosse escala ainda mais alto.

E por mais que tentes captar este perfil difuso, este barulho que parece caçoar de ti e de teus esforços, ele cresce até o ponto em que a mulher perde de vez e para sempre o fôlego; e só então cala; e tu olharás ao redor, vendo uma luz fraca que nasce, anunciando outro amanhã; que pousará na mesa onde estarás sentado, permitindo-te olhar para o papel e nele enxergar apenas um conjunto de borrões vermelhos, que não dizem nada.

Neste amanhã tu amassarás a folha; passarás o dia fora como sempre no trabalho; retornarás à noite, desenhando e pintando novamente sons simples, precisos, regulares, recolhidos durante o dia; mas na cama, já de madrugada, acordarás em sobressalto com os troncos, de novo os troncos, e antes que possas desenhá-los novamente pensarás: *Como é estranho, não foram silenciados numa noite anterior?*

Neste dia que já é depois de outro amanhã tu não encontrarás remédio senão correr novamente à mesa, porém antes de lá sentar verás que já calaram desta vez as vigas da porteira, não precisaste desenhá-las. Sim, pois o que importa, como da primeira vez, é o fato de os troncos não serem mais que arautos, quase sinos, guizos presos ao pescoço de uma presença que não se doma, na qual ninguém coloca arreios; bem sabe disso este outro homem que se deixa por ela levar aos poucos, sentado à noite no quintal de casa, em seu pomar; chegou-lhe a hora, e seu único desejo é talvez ter forças para alcançar uma destas laranjeiras que o cercam, colher um fruto, mas até isto será difícil, pois o último arranque de suas pernas foi usado pra trazer fora a cadeira, a coberta; quer passar a noite no sereno, dentro de casa ninguém mais há, e assim, contentando-se em contemplar pomos de pele dourada oscilando em ramos no escuro, ele sente vir um sono e dorme, como uma luz que aos poucos vai perdendo pés de apoio, e o rumor que emite esta morte tu estarás empenhado sem sucesso em desenhar; persistirá o som até o outro dia, pois o homem se extingue como brasa de um fogão moroso, antigo; por isso tu passarás a noite com o som à tua volta, pensando dispor de tempo para captá-lo; experimentará cores – ocre, verde-ultramarino, marfim, branco de chumbo, azul-egípcio –, mas sem sucesso, pois resistirá até amanhecer o som, até que por livre e espontânea escolha chegue ao fim.

E batem troncos.

E eis que estamos na noite deste outro dia que já é amanhã depois de amanhã de amanhã; e no mar além da praia há uma barca que naufraga com seis pescadores, cujos gritos também não conseguirás pintar (de novo, troncos). E haverá sons de galos que pelejam no quintal para fugir das facas; de peixes arrancados do caudal das águas (troncos). E na sequência ruídos cuja nascente vem do reino das pedras, terra: a cada vez que avança mais a erosão nas escarpas que cercam a cidade; a cada vez que rochas que sofreram e resistiram à ação da chuva e do vento durante séculos resolvem desistir, soltar-se dos paredões, caindo num mergulho; a cada uma destas mortes-pedra que também ouves e tentas desenhar mas não consegues, o som que escuto – além dos baques destas rochas – é o de teus dedos que querem dormir, silenciar; por isso seguem desenhando e pintando a ponto de partirem lápis e pincéis entre seus nós, mas as pedras caem, caem, e será noite, eu estarei lá, e, cercando-nos numa sequência de luz e sombra que convencionaremos chamar de amanhãs, que se seguem a amanhãs, haverá aquela dissolução de tudo ao ritmo deles,

troncos,
e eles batem,
troncos,

quase como o êmbolo de uma máquina. E após dias sem dormir tu pensarás, *Já chega agora*, jogando-se de costas na cama.

Sento na poltrona ao teu lado. Toco tua mão esquerda. Penso no dia que amanhã virá. As folhas da janela batem. A onda de calor que toma a cidade nos últimos tempos irrompe e pousa em teu corpo, que afasta para longe o lençol. Curvo-me sobre ti. Examino a extensão dos ferimentos. Deixo meu olhar cair sobre a cor cinza desta mancha que nasce em tua mão, até hoje sem feridas, inocente, limpa. Penso na mancha, em sons. No amanhã, na morte. E na vida. Penso na vida, caso ela exista.

22

NARRO – e minha voz olha ao redor, percorre poças e canteiros. Por volta das seis e meia da manhã, os que vêm todos os dias ao mercado costumam passar alguns minutos nas barracas da ala esquerda. Servem-se de café, pães quentes. Os primeiros a chegar conseguem espaço nos balcões. Outros se recostam nas colunas que dividem o prédio em linhas paralelas e sustentam as vigas. Os últimos contentam-se em ficar atrás, próximos de uma das três janelas da fachada oeste.

De manhã, estes homens e mulheres comprimidos uns aos outros sempre me recordam sementes banhadas numa luz suave, que se empurram e movem, buscam espaços, fazendo com que a luz retorne sombras sobre as mercadorias dos vendedores. Por entre as pernas, cães circulam farejando restos. Alguns têm sorte: conseguem abocanhar um pão e fogem. Correm em direção ao corredor central, onde, em campo aberto, são mais velozes. Num dos extremos deste corredor, na barraca à esquerda, próxima à outra porta do mercado – a que dará na estrada que conduz ao matadouro –, há uma barraca de tecidos. Nela, uma mulher prepara sua roda de fiar. A fiandeira põe no colo uma cesta cheia até as bordas com mechas de lã cardada e espessa. Verifica a roda: o pedal, o volante raiado em braços. Pelo corredor maior e das portas laterais começa a verter adentro uma corrente de pessoas rumo a outras bancas.

Há muito tempo eu não chegava aqui tão cedo, antes de ti, penso ao ver-te cruzar o pórtico. Lá, na entrada principal, cercada pelo cheiro dos açougues e dos cítricos, eu enxergo tua mão esquerda com uma ferida aberta, teu braço direito em ataduras soltas, e, na luz, relances de tua carne viva. Quero correr ao teu encontro, recompor tuas faixas. Conversar a respeito desses sulcos quase de madeira no canto de teus olhos, que me parecem de uma quietude tão profunda como a dos que dormem. Atravesso o corredor central. Procuro nos teus bolsos ataduras de reserva. Não as encontro. Queria tanto possuir agora o dom simples de te conduzir como esses que consolam uns aos outros quando saem juntos das barracas de bebidas ou quando estão nas ruas fora do mercado, à noite, tristes. Poderia te guiar até aquele banco livre perto da entrada. E nele tu sentarias por alguns minutos, até dissipar o sono. E teus olhos voltariam a ganhar uma cor cinza-azulada, deixando de lembrar nós secos em troncos de figueiras, tuas pernas levantariam, abrindo espaço, como fazes toda manhã, caminhariam até a porta no extremo oposto do corredor central, de onde sairemos juntos para a estrada, o matadouro. Mas teu corpo me escapa. Seguro na base de teu braço e não a retenho. Ficas à deriva no meio de todos, deixando-se empurrar. A fiandeira remexe o cesto, escolhe uma mecha de lã. Se me sentisse segura o suficiente para deixar-te um pouco, eu correria até ela e, num movimento rápido, roubaria panos para cobrir-te. Reforçaria tuas faixas, como certa vez o fiz. Ouve. É como se todas as pessoas que se juntam aqui nesta manhã tivessem em momentos diferentes recebido de teus desenhos a mesma ordem: a de calar. Andam, conversam entre si, circulam regateando preços, mas para mim e para ti suas bocas não são mais que gestos. Lá em tua casa, nas paredes, no mural, há de cada um destes seres esboços e retratos. Vozes guardadas. Por isso não te aflijas. Ninguém fala para nós. Vem, senta, recosta-te aqui, encontrei outro banco livre. E talvez valha a pena reunir algum ânimo nesses olhos e abri-los de verdade, e então poderás ver como entre as telhas se infiltram túneis de luz; como antes de cair no chão e em homens-semente eles se refletem na tinta avermelhada que colore as vigas. Depois, se quiseres, será tempo de jogar um copo d'água nesse rosto, puxar daí de dentro a força necessária para seguir rumo ao trabalho. Vejo satisfeita que resolves finalmente erguer a fronte, como se tivesses de uma vez e em um só gole bebido um bule de café. Ouve. Será por causa deste som? Numa barraca mais ao fundo, uma mulher destronca em golpes rápidos o pescoço de uma ave e depois amarra-lhe as pernas, entregando-a a um cliente. Suspensas próximas ao chão, suas asas ainda pulsam e tateiam o ar. E sua dor produz um som único, que não se extingue; que resiste a calar-se aprisionado em cores, traços. A ave bate cada vez mais lenta as asas. E, mesmo quando para de mexê-las e fecha os olhos, aquele som prossegue como se para ti e para mim tivesse algo a contar. Depois de um tempo, cala também. Investigando os arredores como assim agora, correndo os dedos pelas ramagens dos cabelos, aguçando a audição, comprimindo-a no silêncio, tu percebes que em algum lugar próximo aos ventres, ou na base dos pulmões, ou mesmo talvez entre as costelas de cada um destes homens que andam e correm, tu percebes também neles um par de asas. Fortes, viçosas nas crianças. Folhas de gelo frágeis nos anciães. Veja aquele homem, com uma barba suja a ponto de formar tranças espontâneas: ele faz esforço para carregar um balde; para e interrompe seu caminho repetidas vezes. Ouve: de seu peito vem um rumor que prenuncia aves mortas. O homem – nos pés o couro de sandálias finas – recupera o fôlego, circula entre as barracas de comida, pedindo restos. Detém-se a poucos metros da fiandeira.

A fiandeira alisa quase numa carícia a mecha de lã que tem nas mãos, enrolando-a à ponta do fio guia, e então aciona o pedal. O volante raiado de madeira ganha impulso – deixamos de ver seus braços. No mesmo instante o homem sente o solo ceder sob as sandálias, suas costas dobram. Ele tenta se apoiar nas tábuas das bancas de frutas logo atrás. Seus joelhos arriam até o piso e o balde vira, cai. Quando seu rosto dá de encontro às pedras, ele dirige para o lado o olhar, a tempo de ver feixes pontilhando o solo. Eles iluminam pés correndo à volta, frutas que tombam, também correm. O dono da banca pula o balcão para obrigá-lo a recolher as laranjas. Mas recua. Ouve. No matadouro, os laços dos troncos da porteira se desamarram. Daqui a pouco os primeiros a virem trabalhar ficarão possessos ao ver que parte do gado pasta calmamente solto do lado de fora, enquanto troncos batem, pendulares. O dono da banca de frutas fala com os que se aglomeram ao redor, dá dois passos rápidos em direção ao corpo estendido, tentando antes desviar-se do curso d'água suja e dos restos de comida espalhados pelo homem. Uma conversa parece percorrer a multidão. Não a escuto (em tua casa desenhaste todas estas faces), mas dentro de mim há outra voz que diz ser chegada a hora de te abandonar neste canto entre as barracas, ainda que não tenhas despertado inteiramente – sinto –, e de forçar caminho entre flancos de homens e mulheres a tempo de os ver tomar do solo o balde. Levam-no até a água corrente, voltam e despejam-no de uma vez no tronco e na cabeça daquele caído logo abaixo. Não pensam ser esta água impura quase uma esponja úmida de vinagre na boca de alguém que morre. Abro meu caminho, me ajoelho ao lado dele. Ao me perceber aqui – seu olhar encontra o meu –, o homem que morre me fita curioso, puxando da memória cada dono ou dona de barraca ou cliente ou criança costumeira do mercado. Mas não me encontra nas lembranças. A fiandeira faz uma pausa para respirar, contempla indiferente o povo próximo às barracas de frutas. O homem segue em mim com o olhar. De repente, adotando uma expressão que recorda a de reses no cercado quando se dão conta de algo estranho, desvia-o de uma só vez. Fecha os olhos. Abre-os. Vê que ainda estou aqui. O homem sente lhe incharem as têmporas. Em seu peito, pisadas que parecem vir de dentro para fora. Percebe que mesmo negando--se a abrir os olhos há caminhos por meio dos quais ainda posso encontrá-los, nítidos, dilatando-se assustados ao perceberem que, sem qualquer aviso, sem corte ou mácula, minha mão direita parece penetrar agora dentro do corpo que os sustém, procurando entre músculos, redes de nervuras, envolvendo ossos, subindo, tateando órgãos, buscando o ponto exato onde, em tudo que é vivente, pulsa aquele mesmo par de asas. Sim, já as encontro. Exaustas. Fracas. É como quem toca em sangue que as encapsulo no interior de minha mão, e, quando as sinto se mexerem, lembrando filhos de pássaros que colhemos no solo do jardim quando crianças e apertamos sem nos dar conta de nossa própria força e ao abrir a palma e os dedos pensamos *já é tarde,* e esta lembrança e remorso nos seguirão sem nos deixar em paz, quando as sinto parar de bater assim, dentro de meu punho cerrado, percebo, ao mesmo tempo e serenos, os olhos deste homem fitando-me longamente, quase como duas hóstias. Atrás de mim, alguém arremessa um lençol. O dono da banca de frutas busca uma corda e prepara-se para dar um laço em torno das pernas daquele que jaz no chão.

Braços unem-se para puxar o corpo, enquanto a fiandeira torce e retorce suas fibras, limpa a testa, onde se acumulam poeira e suor. Eu puxava do interior do homem as asas. Assim seguia fixa e em seu curso a ordem própria das coisas, quando, sem aviso, tu vieste (Lázaro) daquele banco escondido em que te deixei, surgiste abrindo espaço entre todos. Eles se afastam sem tocar-te, evitando estar próximos dessas ataduras mal amarradas que revelam aqui e ali reflexos de carne. Vejo como ajoelhas ao meu lado e deste homem, vasculhas o lixo de uma das barracas, encontras um tijolo e o partes num só golpe contra a pedra numa infinidade de pedaços. A multidão se afasta. Tu escolhes um dos fragmentos, o menor e mais fácil de acomodar entre os dedos. No início é com estranheza que o tijolo se deixa arrastar contra o solo, mas logo um risco vindo da argila seca e vermelha surge à vista, e, manejando como um lápis ou carvão esta lasca, tu desenhas outros traços, outros, e crescem no piso de pedra esboços ligeiros das montanhas que cercam a cidade, dos prédios demolidos em seus bairros mais distantes, do portão de entrada do mercado, do corredor central em que estamos (pernas se afastam à medida que os desenhos recobrem o solo). Tua mão busca outro fragmento. Traça em poucas linhas a expressão atordoada de um vendedor às minhas costas, o rosto lupino de outro que cochicha para o lado. Se pudesse ouvir esta multidão, eu te diria que o silêncio toma conta dela quando percebe que começas a desenhar o homem, aproveitando-se do pouco espaço que restou ao redor de nós (pernas se afastam mais). Tua mão procura outro tijolo. Ele explode em estilhaços (Lázaro). No piso de pedra do corredor ganha forma cópia exata do corpo que morre – de suas sandálias, dos pés e unhas gastas, das pernas quase caules secos, do tronco cuja única vestimenta é um pano encardido ao redor da pelve e de uma barba que sufoca a porção inferior do rosto.

O rosto: a testa larga, a pele quase entalhada em ossos. E estes olhos. Os homens e as mulheres que lançaram sobre o corpo um lençol e se preparavam antes de tua chegada para arrastá-lo aos monturos até que viessem carroças no fim da tarde, os homens e as mulheres não poderiam imaginar que, debaixo do sudário, ainda existem olhos que enxergam, embora deixem de prestar atenção em mim. Voltam-se confusos para outro lado. Adivinham, por entre as fibras do pano, outra presença, esta que empunha a pedra de argila. Empunha e com ela reconstrói em idênticos detalhes – moldando traços – este rosto recoberto, atentando para a linha do nariz, a expressão do queixo, para olhos que agora parecem encarar diretamente os teus. Tu desenhas o rosto no chão. Eu prossigo puxando deste homem as asas. Mas elas resistem, insistindo em recobrar vigor, quase pulsam novamente. Mesmo que no interior da carne eu mergulhe agora as duas mãos, é difícil arrancar esta vida pela raiz, dar tudo por encerrado. Como se outra mão (Lázaro), recoberta de escoriações e enrolada em panos, ao dar início a esboços destas asas, penetrasse também por entre músculos e órgãos, puxando-as em direção contrária. Embora eu olhe para ti mais uma vez para me assegurar de que tua mão tão rude como as que empunham enxadas está ainda ali, distante no chão de pedra, o que sinto neste corpo é a proximidade dela. As asas se mexem. Puxo-as para mim. A fiandeira enrola fios em espirais contínuas. A multidão se assusta quando aquele deitado no solo ensaia mexer as pernas, quase no mesmo instante em que esta presença que me lembra tua mão encontra minhas duas mãos, nelas penetra, agarra a base das asas, que se aquecem e reanimam. Seguro teu punho. Tento expulsá-lo. Sinto agora dentro do homem tuas duas mãos – nossas quatro mãos se enlaçam – e não sei de onde me ocorre ser a primeira e última vez nesta fábula que elas se encontrarão em pé de igualdade, sem toques às escondidas ou ferimentos como rastro. Talvez seja esta certeza que também te motiva a desenhar com tanta força e empenho. Penso que, por isso, só por isso eu deva permitir que venças este embate – é justo –, pois eventos que ainda estão por vir não te serão de forma alguma favoráveis. Por isso me retiro, as asas se enraízam novamente na carne do homem, braços afastam o lençol, o tronco senta, o rosto com barba imunda identifica a corda envolta nos pés, mira ressentido todos os que estão calados, sem palavra. O homem desamarra os nós. Apoia o cotovelo no joelho esquerdo, levantando-se em direção aos que se afastam. Procura o balde e segue, parando de vez em quando em alguma das barracas, pedindo restos de comida, desviando os pés das latas de conserva, de bacias de roupa suja, até desaparecer no pórtico de entrada, numa claridade retangular que apaga sua imagem.

Enquanto, quase num movimento ensaiado, tu também te levantas, jogas no chão o último pedaço de argila, segues abrindo caminho em direção oposta no mesmo corredor, rumo ao pórtico que dará na estrada e no matadouro.

No mercado, a multidão de crianças, homens, mulheres, gente à toa e vendedores põe-se a contemplar num primeiro instante os dois homens que partem. Quando os perde de vista, volta os olhos para a tela de pedra no chão. Não olha para os esboços da cidade. Nem para os retratos do corpo do homem. Mas sim para um desenho que, debaixo de sua superfície, detém aprisionados sons de animais que morrem, do trigo que é esmagado e morre, do ar que preencheu pulmões mas agora seca e morre, da corda que se romperá. Na estrada, em direção ao matadouro, talvez tu penses: *Hoje dormirei, enfim*. A multidão aos poucos retoma sua rotina. Circula e pisa os desenhos na pedra. Mas não aquelas asas. A multidão no mercado nunca pisará o esboço do par de asas. Olhos viram em direção às tuas costas, vendo-te partir. Na barraca de tecidos, a fiandeira toma entre os dedos feixes das linhas que produziu, e conclui, sorrindo, que são finos, fortes como talos de ervas.

23

QUERO conversar agora sobre a vinda deles na manhã seguinte.

Logo bem cedo, antes que fosse permitido deixar de nomear de "noite" a noite, antes mesmo que os primeiros varredores circulassem, limpando as calçadas, eles surgiram, vindos de cada um dos becos que desaguavam na praça em frente ao prédio, aglomeraram-se debaixo das seringueiras após estenderem toalhas na grama ainda úmida, sentaram olhando a figura de um anjo cujas faces deixavam ver, aqui e ali, feridas. Alguns levantaram. Atravessaram a rua. De frente para a figura esculpida no pórtico de entrada notaram que os machucados em seu rosto eram na verdade fissuras no mármore, que se espalhavam cobrindo a testa e o queixo, irradiavam-se pelas asas. Outros chegaram. Juntaram-se aos da praça. Viram que os ferimentos no corpo do anjo não se restringiam a ele, mas, ao contrário, cobriam toda a fachada deste prédio antigo cor de cobre e terra. Quero conversar contigo sobre como a primeira das pessoas de uma multidão que não parava de crescer – uma mulher com um volume enrolado em panos – foi a primeira a tomar coragem, empurrar a porta de entrada há muito sem nenhuma tranca, passar debaixo de asas rígidas, ainda dormentes. Lá fora a noite ensaiava aos poucos não ser noite, mas aqui dentro persistia, e só depois de longos minutos, após os quais os olhos da mulher se aclimataram, ela conseguiu ver o saguão: foi como se adquirissem brilho próprio a mesa trincada em lascas, as pedras de piso frio revestidas de poeira, os rolos de cordas, as latas reviradas, os riscos nas paredes, e, ao fundo, retorcendo-se em si mesma, inclinada em seu eixo como o próprio prédio, a escada em espiral. Houve um intervalo que envolveu a mulher e seu embrulho e os móveis e o lixo, até que da porta de entrada, abrindo-se, outro deles surgiu, botando para dentro o braço esquerdo, depois a perna, esforçando-se para trazer consigo restos de si que mal se moviam, e então vi a muleta, o homem arrastar-se decidido para dentro do saguão, como dizendo, Este é meu corpo. Quero conversar sobre outro deles que também abriu a porta, e num breve relance em que pude enxergar a rua lá fora eu percebi já haver tantos deles quanto pedras da própria rua, embora ela, a manhã, somente ela tardasse a ser inteira, plena. Não. Não somente ela. Enquanto outros entram no saguão e buscam um canto onde sentar, eu me lembro que hoje acordei bem cedo, antes de ti, lavei como sempre o rosto, vesti minha roupa, desci e me instalei nesta mesa que em outros tempos foi reino do porteiro, pensei que dentro em pouco te veria descendo a escada, sairíamos. Mas tardavas. Assim como a própria manhã lá fora. Pois já era tempo nesta época e estação de termos algo mais que um brilho breve, quase remanso: suficiente apenas para perceber e iluminar vultos que já perderam de todo o receio, forçam passagem, empurram as costas uns dos outros querendo espaço, sentam-se no chão. Olho à volta. Vejo que somente a mulher que carrega o embrulho se aproximou da escada. Entre a mulher e aqueles sentados há um vácuo que a despeito de ser mínimo é amplo, estanque. Caminho com cuidado, evito pisar pernas, pés. Coloco-me às costas dela, sentindo arder o calor de todos atrás, e me dou conta de que sufocarei se ficar por muito mais tempo aqui. Outros tentam vir para dentro. Alguém escora a porta, parece gritar para os de fora.

Quero conversar contigo agora sobre este cheiro de suor e desamparo que já é grande demais para este espaço ("saguão" é palavra generosa para nomeá-lo); dizer-te que, por mais que queiras estar sozinho, é tempo de descer a escada, vir até eles, romper por um instante o teu exílio, e talvez tua presença traga um sopro de ar corrente. Para que negar? Sei que tu, agora, já acordaste, que podes percebê-los se empurrando aqui. Sabemos que seria inútil para ti ficar em casa todo o dia de hoje, pois não tardaria a hora em que eles ensaiariam os primeiros passos na escada, buscando adivinhar no escuro a curvatura dos degraus, até atingirem o primeiro andar, baterem à primeira porta, e ao constatar não ser tu a pessoa que abre o ferrolho eles prosseguiriam, sempre para cima, até que te encontrassem.

Fico feliz. Vejo que desces. Mais lento que de costume, sem restos de sono.

Ficará na memória dos que estiveram no saguão do prédio a forma como a mulher com o embrulho quase farejou tua presença, se adiantou ainda mais à escada; e foi surpreendendo a todos que, no escuro, percebeu o lugar onde dariam os passos que vinham de cima, antecipando-se. Ao ver-te, ela te barrou o caminho. Desenrolou as faixas que envolviam o peso nos braços, deixando ver um corpo enrodilhado de onde já se despegava a pele. E, sem soltar aquela carga – ao contrário, puxando-a quase de novo para o ventre –, a mulher segurou-a com apenas uma das mãos enquanto a outra descia aos bolsos do vestido, puxando e erguendo à vista de todos (alguém forçou a porta e deu breve passagem à luz), restos de uma folha de papel e um carvão. Ela tentou equilibrar-se com a criança num dos braços, carvão e papel na extremidade do braço oposto, olhando para ti, avaliando o que carregava (papel, carvão, um corpo), até decidir recuar em direção à mesa, onde, investigando a superfície de madeira em busca do lugar menos corroído e sujo, depôs o pequeno cadáver. Pela porta do saguão, forçada em luta pelo lado de fora, aberta a curtos intervalos, vi uma manhã que já começava a ser completa, e graças a ela pude divisar o vulto da mulher caminhando de novo para a escada.

Ela levantou ainda mais a folha de papel e o carvão, elevando-os até quase tocar teu rosto.

Uma canoa é um barco. Água é um nome. Uma faca é lâmina. A lama é terra, substância. Não fosse tão árida, apenas uma dessas que batem roupas nas pedras do lago enquanto ao longe barcos cortam a água como facas, e joelhos de quem lava afundam a lama, e a terra segue sendo depurada de lençóis torcidos, talvez esta mulher sugerisse a melhor forma de retratar seu filho. Não fossem para ela um mistério noções como sombra e luz, cor e perspectiva e espaço, talvez esta que trouxe para cá uma criança em feixes de ossos dissesse como deverias desenhá-la, pintá-la: vestida de domingo na igreja, em fundo de flores. Talvez, por isso, insista tanto em olhar para a folha e o carvão e depois para ti, acreditando que um retrato vindo de tuas mãos seja tudo o que basta para que o corpo na mesa deixe de ter pés gelados, para que se abra uma janela neste escuro e puxemos o sol de trás das casas. O que vi foi o papel e o carvão procurando tua face, quase oferendas, e por um instante, diante de toda a assistência que se levantava, fechando círculos sobre costas uns dos outros, houve uma luz mínima que perdurou entre ti e os instrumentos de desenho, e todos nós – também eu ali – te vimos recuar, como se escapando do ferro em brasa de uma forja. Atrás de nós, alguém abre de vez a porta. O dia entra. Decerto há uma linguagem exclusiva deles – penso ao vê-los por inteiro –, que lhes permite, mesmo sem esboçarem qualquer sinal visual de fala, coordenarem entre si seus movimentos, pois avançam, apertam em torno de ti um cerco. E penso: *Decerto há uma conversa secreta e íntima entre os talhos destes rostos.*

Contudo, é um cerco que na verdade parece se fechar em torno de mim, por mais que eu me esforce para dizer que é em direção a ti e à escada que a multidão prossegue; é ao meu redor que ela parece esticar seus braços. E cada um destes papéis e carvões que surgem de todos os lados parece ser portador de um luto, de uma tristeza, de uma carne magra e recuada, de um fio grisalho, de uma pedra de cal que arde, de um leito seco, de um sol no olho, de léguas a se percorrer ainda, de estiagens. De uma voz que diz, Este é meu corpo. De um calor úmido que se condensa aqui em nós, sem fazer caso da porta aberta. Que traz esta sensação de inchaço na traqueia e a fadiga. Que empurra meus passos contra a parede, e eu os vejo, todos eles, papéis erguidos, mas antes que minha visão se embace reflito que talvez seja hora de evitar a proximidade deles, pois, caminhando tanto tempo junto a ti e a eles, eu terminei por incorporar vossas fraquezas. Forço passagem em direção à porta que dará para fora, esforçando-me para ir contra a corrente, vendo como o caudal de rostos-pernas-bocas que ainda vem da rua e te persegue escada acima quase tombou no chão e arrastou consigo a mesa, e por pouco, junto com ela, também o corpo, o da criança, pura pele e feixe que oscila e desliza no tampo quase rumo ao chão, mas firme se mantém, enquanto sua mãe, pressionada pelo avanço dos que estavam atrás, segue degraus acima, segurando papel, carvão, no escuro, adivinhando a ti.

Seria talvez a hora de eu procurar te acalmar, dizendo que todos os que escalam o prédio não te desejam mal, pelo contrário: cada um deles quer-se apenas numa folha, numa imagem, a qual encerraria em si toda virtude dissipada; eu poderia, sendo mais precisa, te dizer, Este quer-se desenhado com pernas do lavrador que foi aos vinte anos, ou Este quer-se no topo de um morro, de posse de seus olhos, ou Esta quer-se sentada à mesa com a mão firme capaz de escrever, e assim por diante, e seria tudo isto o que eu diria se pudesse executar a ação mais óbvia, a de abrir caminho na escada por entre eles até posicionar-me ao teu lado, ou mesmo usar de outros artifícios, desvios, e então serena, de posse de meu prumo, chegando ao topo do prédio antes de todos, impassível diante desta presença impregnada que tem origem neles, eu poderia soprar ao teu ouvido a maneira certa de manter o curso do dia. Mas continuo rumo à saída, apoiada à parede e respirando fundo, ansiando pela hora em que o último deles siga a andar para cima atrás dos outros e me abra espaço.

E lembro da primeira vez que te vi num fim de tarde, naquela orla próxima ao mar, quando, ao perceber-te na trilha em sentido oposto, eu me surpreendi ao constatar que guardávamos tantas semelhanças a despeito desse teu molde feito em carne. Também é de carne, para minha surpresa, que talvez seja feita pela primeira vez agora quase toda a minha consciência, esta pele que se arranhou no atrito com o cimento nestes anos (seriam dias? meses? já me foge o tempo) em que venho te seguindo, estas pernas que doem quando à noite descanso ao teu lado na poltrona, estes olhos que nunca me faltaram e que agora, pela primeira vez, deixam-se intimidar por aquilo que tu e os de tua espécie chamam de alternância entre escuridão e luz, esta dor que é em todo o corpo como se nele pesassem pedras.

Do lado de fora, deitada na grama sob as seringueiras, respirando o último vapor que vinha da folhagem, olhando para a copa das três árvores curvadas como senhoras, eu me dei conta, quase já dormindo, de que nestes meus membros, assim como nos das árvores, também parecia circular algo como sangue ou linfa, e de que à nossa frente, no prédio, todos aqueles que se aglomeraram no saguão agora fluíam por corredores que eram como veias ou canais, e neles homens corriam tal qual sangue e linfa, e de que se não havia mais ninguém na rua era porque todos se continham agora na carne do edifício curvado em si mesmo (pois tudo não é corpo, carne, sangue, linfa?), e assim pensava, sentindo, graças a esse tempo passado entre ti e os teus, pulsar pela primeira vez algo estranho na base de meus punhos, e foi então que, misturando-se ao perfil das seringueiras, eu vi inclinar-se sobre mim outra figura, e talvez por conta de meu sono ou fraqueza eu tenha tido a sensação de que ela me examinava, sentia a umidade de minha testa e do meu rosto.

Mas na verdade estendia a mão direita para se apoiar na grama. E, no momento em que a cidade clareou ante meus olhos e tive forças para sentar-me ao lado daquele vulto magro, vestido com um jaleco puído e sujo, eu demorei longo tempo encarando-o, enquanto ele observava o prédio. Numa comunhão inexplicável para mim, firmei-me em seu ombro quando se levantou. Talvez porque, mesmo não me vendo, aqueles olhos fundos, os ossos ressaltados, aquela respiração pesada, me dissessem, em cada gesto, compreendemos a natureza dessas tuas dores. Após descansar, o médico seguiu pela calçada.

Cruzamos a cidade, eu ainda amparada naquele ombro, ignorando rostos em sentido contrário, até alcançarmos um bairro em que, do interior das casas, sentíamos olhares. Puxo da memória imagens conhecidas desta terra pontilhada de sujeira, de janelas tristes. O médico caminha. Guia-me em direção à entrada de um sobrado. Abre um portão preso a uma grade de ferro atrás da qual uma sequência de pedras indica o percurso. Passamos por canteiros sujos. Pela pereira seca, à direita. Por trilhas do pátio. Pela sala que lembraria um pátio não fossem estas camadas justapostas de escuro. Por escadarias. Por corredores que parecem conduzir a vozes que terminam por me impor distâncias, até que, ao meu redor, eu as descubro na verdade próximas, fechando círculos, rindo. Ele abre, fecha, abre portas, trancando-as atrás de nós, segue adiante até darmos num quarto. Retirando o jaleco e colocando-o numa cadeira onde senta, não parece fazer caso das vozes. Toma uma caneta, abre um caderno, parece dizer à casa que por mais que ela tente intimidá-lo com esta linguagem feita de rangidos e de tábuas que se partem, ele, no papel, ao definir com firmeza um traçado, estará disposto a segui-lo e escrever por toda a noite, dizendo o que tem de ser dito – não irá ceder. Preenche e vira páginas, faz pequenas interrupções de vez em quando para ponderar, avança em suas notas, sua história, sentado numa escrivaninha em frente à única janela. Ao seu lado, na poltrona posicionada próxima ao armário com remédios e instrumentos, eu permaneço, recuperando aos poucos o passo de minha respiração, tentando repousar mas sendo sempre impedida por vozes e estalidos, até que, de manhã, a própria casa dá mostras de cansaço e se recolhe, dorme. Também durmo. Acordo no fim da tarde. Não vejo o médico, mas logo percebo passos vindos da rua. Ele senta novamente, põe-se a escrever. A casa desperta. E, naquele consultório, ao longo dos dias que se seguiram, tendo como companheiros ele – que toma notas –, ela – com suas vozes –, acordando às vezes em momentos em que me via só até que a figura branca e magra retornasse da cidade, sentando-se em seu lugar de sempre, eu lutava contra a culpa de ter te abandonado, Lázaro. Levanto. Toco os ombros do homem. Viro as folhas de seu caderno até me deparar com a marca e frase conhecida, ela, "pois os desta terra".

24

"... POIS os desta terra me privaram até mesmo da companhia dele. Do único que transpôs os limites destes muros. Que se sentou à mesa, despiu seu braço. Que me mostrou a carne como quem espera que se desvende suas razões. Se eu, naquele dia em que ele esteve aqui, cometi o erro de perder as forças e quase dormi de rosto rente aos papéis que escrevia, como tem acontecido sempre, houve também instantes em que entre nós pareceu ensaiar-se uma breve comunhão. Como se aquela face empalidecida, de olhos velados mas ainda abertos, trouxesse uma mensagem, uma trégua desta terra. Que nunca me falara. Ao estender-me a mão corroída como um tronco queimado quase até o núcleo, mas que ainda assim guardava forças – eu quase podia vê-las –, aquele homem parecia por um momento desejar me alcançar, talvez em busca de algo que o alojasse numa paz antiga. Mas tudo durou pouco. Não. A casa, esta casa nunca o permitiria. Acima da cabeça dele a casa rangeu seus caibros, forro, afastando de mim qualquer possibilidade de atingi-lo com palavras. De desvendar a natureza de seu mal, talvez curá-lo. Pois esta casa pertence à terra, dela é parte constituinte em sua madeira e seus tijolos, em sua arrogância fria.

"Lembro-me de domingos. Antes de me mudar para cá vivi em cidades onde as manhãs de domingo me acolhiam calmas, e nelas eu penetrava caminhando, deixando-me levar por correntes: a voz de minha mãe, de minha avó, brandas, ordenando-me que tomasse o café para que fôssemos à missa, e depois o almoço, o vinho. Os jogos na rua de terra em frente de casa. As cadeiras trazidas para fora no início da noite. Os banhos de bacia divididos entre irmãos e primos até todos deitarem de corpos opostos nas mesmas camas. Tempos depois, ao mudar-me de livre e espontânea escolha – admito – para esta terra, a impressão que tenho é de que uma parede foi interposta entre mim e essas lembranças, e só restaram dias como o de hoje, em que, após acordar, parti novamente em busca dele. Desde que o homem esteve aqui pela primeira e última vez, dediquei-me a procurar em livros referências, padrões para o que ocorria em seu braço direito. Não tinha dúvidas de que, se pudesse convencê-lo a retornar ao consultório com a promessa de que a casa se aquietaria, se dispusesse de mínimos instantes de silêncio, após os quais ele ganhasse a confiança necessária para mais uma vez retirar suas faixas, se ainda houvesse tempo, talvez a cura vinda por meu intermédio fosse o laço que nunca houve entre mim e esta terra. Todas as manhãs, sem exceção, esperava-o no outro extremo da praça. Escondia-me atrás de uma árvore. Seguia-o de longe, guardando uma distância tão segura e longa que várias vezes cheguei a perdê-lo de vista. Ainda assim, ele, logo que saía de seu prédio, parecia capaz de me antever. Mesmo estando muito mais distante que as pessoas que o cercavam nas ruas, entre corpos no mercado ou na estrada de terra, eu tinha certeza de que, quando seus olhos se voltavam para trás, sua advertência era endereçada a mim.

"Eu lamentava. Via seu corpo caminhando com dificuldade, envolto por faixas e curativos que já se espalhavam pelos dois braços e a base do pescoço. No matadouro, era-lhe permitido tocar agora apenas reses e cavalos doentes, mortos para dar de comer aos cães. Passou a dirigir-se todas as manhãs a um curral separado, onde, após certificar-se de que outros homens já haviam se esquecido de sua presença, empunhava com dificuldade a faca, sem retirar os panos que lhe cobriam as mãos. Do lado de fora, já no fim da tarde, os cães chegavam, retorcendo o corpo para passar por baixo dos arames e mourões, e de cima vinham aves que desciam e disputavam a carne, e do outro curral homens que já encerravam o trabalho partiam para se lavar na fonte. Não lhe permitiam mais entrar na fonte.

"E veio aquela manhã de sexta quando o velho que recolhia sobras de comida no mercado desmaiou à vista de todos. Tivessem as pessoas piedade e paciência, em pouco tempo, sem ajuda de ninguém, ele se recobraria. Mas não. Nem sequer puderam aguardar até o instante de lhe enrolar uma corda nos pés. Penso às vezes que esta cidade e esta terra são cúmplices no desconhecimento da renúncia. Talvez por isso tenham se surpreendido com as duas mãos enfaixadas que surgiram quase sem que as vissem, e que estilhaçaram um tijolo, puseram-se a desenhar no piso. Sei por que o fizeram, as mãos. Pela renúncia. Para alertar a todos sobre a necessidade da renúncia. Mas, por a desconhecerem, eles, os desta terra, passaram toda a tarde daquele dia acotovelados uns sobre os outros de frente para o desenho, muito tempo depois que o velho se levantara, recobrando as forças, e que o homem com as duas mãos feridas partira para o matadouro.

"Foi o desconhecimento da renúncia que fez com que estabelecessem relações precipitadas entre o ato de alguém que, com zelo, procurando o bem, desenhou um velho no solo (em todos os detalhes: olhos que deixavam de ser foscos como estanho; pernas como raízes que se renovavam) e o fato deste velho ter se erguido. Não foram capazes de enxergar, desde o princípio, a limpidez das razões para a queda do homem e sua recuperação: ao levantar o peso do balde, com uma fome de dias, faltou-lhe na cabeça o sangue; após deitar-se e respirar, o sangue refluiu.

"Conheço todos eles, estes que dizem professar a fé. Batem no peito nos templos, cantam hinos, atiram pedras e quebram estátuas de outras crenças que não as suas, vangloriam-se de sua própria fé, mas não são capazes de nutrir fé pelos fenômenos terrenos, simples. Ao menor sinal de dúvida, caem aos pés do bezerro de ouro. Talvez por isso, quase involuntariamente, tenham se apressado tanto em espalhar sua boa-nova entre aqueles que chegaram depois ao mercado, entre os que encontraram às sete da noite na igreja e noite adentro nas conversas à roda da mesa, em casa. Julgavam que, ao caminhar na manhã seguinte até o prédio onde morava aquele de mãos feridas, ele, com um desenho, uma pintura, poderia livrá-los de uma hora para outra do peso que carregavam às costas em consequência do que nutriam uns pelos outros. Como se fosse possível, por meio de algumas poucas linhas e cores no papel, atar e aliviar toda essa rebelião que cedo ou tarde toma conta de nossos órgãos, de nossa memória e nossa carne, nossa coluna e nossos ossos, nossa boca seca e doente. No saguão do prédio, depois que todos subiram a escada, eu pude enfim deixar meu esconderijo entre a coluna e a parede e caminhar até a mesa onde estava a criança. Ela tinha a pele do peito tensa, à imagem de um vasilhame de couro que vai se romper. Levantando os panos que a embrulhavam, vi nódoas secas e roxas se espalhando do queixo até as pernas. Baixei minha cabeça. Notei que, apesar de inerte, o corpo ainda não produzia cheiro. Tomei seu braço direito. Mas era impossível concentrar-me para verificar o pulso, com todo aquele barulho de pés e gritos que vinham dos andares de cima. Subi a escada, mas não sem antes olhar para trás, vendo o corpo numa mesa do saguão.

"Segui o coro de vozes. Alcancei o último andar. Pouco antes da curva que marcava o fim da escada havia uma barreira de costas e braços. Hoje, quando escrevo e registro tudo o que presenciei, vendo meus cadernos se acumularem na estante do consultório, penso que, naquela manhã de sábado, eu era o único que não carregava um carvão ou papel. Eles avançaram até a última porta, a menor de todas, no limite extremo do corredor. Empurrando-os, ganhei espaço. Estavam com o olhar e a atenção tão presos que passei despercebido ou pude desfrutar de uma quase tolerância. Ultrapassei os que se debatiam. Entrei pela porta da sala. Nas paredes, no teto e por boa parte do piso, havia sequências de pinturas e desenhos que reproduziam em detalhes toda a cidade. Cores, traços, rostos, corpos, contemplando-nos através de camadas de pó que pareciam presas. A mãe da criança havia sido a primeira a entrar. Colocou-se no meio do cômodo. Buscou um espaço livre onde pudesse plantar os pés. Cercou aquele de mãos feridas, que se sentara à mesa. Aos poucos, outros a imitaram.

"Mas me antecipo. Lembro-me de que na verdade boa parte dos primeiros instantes foi dedicada a uma procura em silêncio pelo duplo desenhado, pelo retrato, pelo rosto de cada um na réplica da cidade construída por aquele que nos olhava e contraía os dedos, e antes que o cercassem em definitivo houve minutos que se alongaram e durante os quais pessoas partiam em busca de uma imagem de si mesmas naquelas ruas, praças, naquelas casas erigidas em desenhos e pinturas lado a lado, e quando muitas delas deram de encontro com a própria face – mesmo que fosse um esboço simples –, e exploraram sua superfície, e concluíram ser ela uma reprodução exata de sua pele calosa, de sua dor nos ossos, do atrito de suas roupas de aniagem e de um gosto engolido de terra todos os dias, então elas, voltando-se quase em coro em direção à mesa, acompanhando o movimento da mãe da criança que decidiu finalmente caminhar rumo àquele de mãos feridas, elas julgaram ser hora de lhe estender folhas em branco.

"Não.

"Não encontrei meu rosto.

"No saguão do prédio, sobre a mesa de tampo de fórmica que refletia a pouca luz filtrada acima da porta e aquela vinda, como eu, de andares superiores, a criança, percebendo minha movimentação, pareceu pedir auxílio para se cobrir. Eu tomei no colo aquele corpo exposto a golpes de ar. As manchas no peito e no abdômen pareciam querer ceder. Toquei sua testa. Ao ver meu dedo, a criança estendeu até ele a boca. Ouvi passos descendo a escada. Peguei minha caneta, um papel e escrevi:

> 'Da próxima vez, talvez a fome vença. Pão e leite lhe retornarão as forças. Nos primeiros dias, deve-se molhar o pão em água pura e fervida. Só depois o pão poderá ser umedecido em leite'.

"Depositei o pequeno corpo sobre a mesa e, enquanto o envolvia novamente em panos, vi como olhava curioso para mim. Coloquei a receita no interior de um nó em suas roupas. A criança voltou os olhos em direção à escada.

"Depois foram os dias e semanas seguintes, em que, sentados diante do prédio, aglomerados no chão, eles aguardavam a descida do homem para lhe estender, autoritários, seus papéis. Será que não imaginavam como eram frágeis e temporárias aquelas pinturas e desenhos? Por quanto tempo pensavam que iria durar seu alívio? A luz em sua fronte? A força renovada? Cercavam o homem tão logo ele saía, impedindo-o de seguir através da praça até que fizesse desenhos de todos. Ele trabalhava sentado num banco, ou improvisando uma mesa na superfície de um paralelepípedo, ou num tronco onde buscava apoio, ou na sala da casa onde o obrigaram a entrar, ou nos balcões e barracas do mercado, quando era forçado a pausas no caminho rumo à estrada de terra. Eles formavam filas, posavam de coluna reta. Ele parecia conhecê-los no papel em sangue, em pele e cheiro de suor antigo. No início, tentou resistir. Depois de desenhar os que se antecipavam logo de manhã na porta do prédio, tomava rápido vias laterais entre becos que conduziam à avenida. Porém nesta outra rota havia os que já o aguardavam, e não foram poucas as vezes em que um desenho improvisado foi feito em muros ou tábuas de portas, após homens e mulheres, lembrando-se de uma manhã de sexta-feira entre barracas de frutas, arremessarem tijolos contra o chão, entregando-lhe fragmentos. No matadouro, as reses, sem poder compreender de onde viera a trégua que a cidade lhes concedera, elevavam todas as manhãs os olhos sobre as costas umas das outras e viam largadas no barro facas e cutelos, enquanto os homens deixavam o curral para se purificar na fonte, lavando nuca e mãos, à espera dele. Passaram a acolhê-lo. Deixavam uma moeda sobre a mesa. Traziam de presente roupa limpa.

"Foi o não saber sobre a renúncia que os fez julgar que reproduções a carvão ou cores de membros doentes, ou mesmo dessa tristeza interior transformada por arte dele em volumes cheios de sombras, poderiam colocá-los à parte do mundo, à margem do tempo. Não. Tão logo se rasgassem aquelas folhas, ou a estação das chuvas lavasse feições enxertadas em paredes, ou a própria crença no poder do que era desenhado deixasse de ter contornos sólidos, eles, homens desta terra, que pensaram ter ganhado seiva e raízes novas, se descobririam vazios. Secos. Talvez então, um pouco menos tolos, concluíssem que os passos a tomar para que se aliviasse a dor seriam simples: oferecer o alpendre para aquele que dorme nas ruas; ceder o gesto; a palavra; indicar ao outro o caminho possível nestes círculos de solidão em que nos condenamos a viver.

"Lá fora, além de minha janela, vejo a pereira recurvar-se no temporal que chega sem aviso. A água lava crostas no jardim. Penso que amanhã poderei ficar nesta mesa com meus papéis. A cidade prosseguirá seu cerco em torno do homem. E mesmo não sendo possível que forasteiros como eu dele cheguem perto para uma conversa, ou para examinar suas mãos, haverá de certa forma estes fios de pensamento que desde o princípio eu percebo nos unirem, como se na mesa deste consultório ele estivesse, frente a frente, separado apenas por espaços de luz. Como se daqui, agora, quando me sento para escrever, eu soubesse que do outro lado da cidade ele também consegue finalmente estar só e acomodar-se, e quase pudesse vê-lo desatar os laços das ataduras, e debaixo daqueles panos que se tornaram sua pele surgisse ao mundo exterior a carne, tomada de feridas e leves fios, não de pensamento, mas de sangue. Sei que o homem desamarrará cuidadosamente as faixas. Abrirá e fechará os dedos repetidas vezes. Ele tenta tomar um lápis; vê, surpreso, que o polegar e o indicador da mão direita estão unidos como numa massa única. Terá de utilizar a esquerda. Lá fora, em meu jardim a água lava a terra, e, mesmo quando ao levantar-me e olhar em direção à rua eu veja somente grades desta casa, é como se aqui ele estivesse, nítido, trabalhando uma folha. Pondo-se a riscar os primeiros traços de si mesmo."

25

DIZEM os textos sagrados que na cidade de Betânia, a três quilômetros de Jerusalém, um homem chamado Lázaro fora enterrado havia quatro dias numa gruta. Deitado na terra seca, Lázaro sonhava. Via-se na sinagoga copiando livros, tomando fôlego e tentando domar sufocações que desde pequeno o impediram de fazer trabalhos braçais. No sonho, Lázaro levantou-se para alimentar a candeia de azeite que iluminava a sala de estudo. Percebera que ela se apagara. Ao tentar mover-se em direção à escada do depósito, descobriu na verdade estar deitado numa escuridão que não conseguia precisar. Sentiu dormentes as pernas, a pele quase se dissolvendo numa unidade com a terra. Foi quando ouviu algo semelhante a gritos e choros vindos de longe, palavras como "glória", "retirai a pedra", e pensou que aquilo que escutara ser arrastado, ao que parece por vários homens, do lado de fora, era a pedra. O morto saiu com pés e mãos atadas por faixas e o rosto envolto num sudário. Apoiou-se com o braço esquerdo ainda dormente na entrada da gruta, enquanto, com a mão direita, tentava arrancar a venda que lhe cobria os olhos. Quando, ao dar um passo à frente, notou que as pernas lhe falhavam por estarem quase unidas uma à outra pelas faixas, ao ver-se caindo ao chão, e talvez novamente no interior do sono, daquela paz e quietude de sua biblioteca na sinagoga, Lázaro sentiu vários braços o puxarem, amparando-o, enquanto uma voz ordenava que o desatassem, que o deixassem andar. Alguém cortou-lhe com uma faca a gaze diante dos olhos. Após recobrar-se da luz do deserto, Lázaro viu diante de si outro par de olhos, voltados para o alto, como que o evitando. Pensou serem eles a voz que o acordara.

Nos anos seguintes, toda vez que subia os degraus do templo por ocasião da Páscoa, Lázaro tinha de confrontar olhares ameaçadores de soldados romanos que comentavam sobre o judeu que retornou do vale dos mortos. Olhares, também, de seus próprios conterrâneos, cujas vozes se erguiam cada vez mais às suas costas. Até que veio a noite em que dois amplos riscos de sangue marcaram sua porta e Lázaro entendeu ser o momento de aceitar a ajuda de uns poucos que vinham lhe falar às escondidas. Ao chegar à cidade de Lárnaca, na ilha de Chipre, depois de montanhas e desertos, de dias num tombadilho olhando o mar em busca de pássaros (dizem que são eles que anunciam terra), o homem de Betânia, rosto cavado, deixou cair seu bastão e seu saco de viagem em frente a outro templo, construído por aqueles que salvaram sua segunda vida. Por trinta anos, Lázaro, bispo de Chipre, ao passear pela praia no fim das tardes após o consolo de seus pobres e doentes, recordaria o brilho da candeia na sinagoga, o sonho do qual o despertaram.

Dizem que, na mesma época, um médico chamado Lucas, que abandonara o culto dos deuses pagãos, sentou-se à mesa para escrever. Uma noite, após caminhar até o poço e retornar, aguardando que a vila caísse no sono, procurava o tom e o enredo exatos de um conto. De uma parábola que, com sua concisão e força, permitisse aos leitores conhecer a firmeza da doutrina em que seriam instruídos. Esboçou duas ou três versões. Não o agradaram. Saiu para outra volta no pátio, pisando a poeira já endurecida. Lembrou-se então de uma história que ouvira na infância sobre um certo Lázaro, aquele que vencera a morte. Recordou-se quase como se fosse hoje do medo que sentia quando sua mãe, após servir-lhe passas e leite e deitá-lo na cama, punha-se na cozinha a conversar com escravas que falavam sobre a ressurreição que aguarda a todos os que têm fé. Lucas correu de volta a casa. Sentia ter naquele nome – Lázaro – a chave de sua história. Sentou-se novamente, e, procurando imitar o tom de voz que uma criança de quatro anos ouvira vir de aposentos distantes, escreveu sobre outro Lázaro, um pobre de nome Lázaro, coberto de feridas, deitado junto ao portão de um homem rico.

"Havia um homem rico que se vestia com roupas de púrpura e linho finíssimo. Todos os dias dava esplêndidos banquetes. Um mendigo, chamado Lázaro, vivia em frente a seu portão. Queria tanto matar a fome com o que caía de sua mesa! Em vez disso eram os cães que vinham lamber-lhe as feridas. Aconteceu que o pobre morreu e foi levado pelos anjos para junto de Abraão. Também o rico morreu e foi descido à terra. E, na morada dos mortos, em meio aos tormentos, levantou os olhos e viu de longe Abraão e Lázaro ao seu lado. Então gritou: Pai, tem piedade de mim. Manda que Lázaro molhe a ponta do dedo e venha refrescar-me a língua, porque sofro nestas chamas. Respondeu Abraão: Filho, lembra-te que em vida recebeste teus bens e Lázaro seus males. Agora ele aqui é consolado e tu, atormentado. Ademais, entre nós e vós há um grande abismo. Os que quiserem passar daqui para aí não podem, nem tampouco daí para cá."

Dizem que, com os séculos, depois que Roma era uma lembrança, que homens abandonaram as cidades e o conto de Lucas era lido em voz alta por coros de pessoas que assim como ele viraram as costas a deuses antigos, aos quais restava apenas observar o passar das coisas, dizem ter sido nessa época que, transmitidas boca a boca pelo povo, as histórias dos dois Lázaros – o de Betânia, com sua caverna e faixas; e o mendigo, sua coroação triunfal no outro mundo – começaram a fundir-se numa só história, num só Lázaro: um homem, diziam os simples, coberto de chagas, recoberto em panos, que sofrera humilhações em vida e conhecera a glória no além e dele retornara para caminhar de novo entre nós, ferido novamente, para dedicar-se, com sua compaixão, à cura dos que sofrem.

26

(OUVIR a morte: o ritmo da respiração que se esgota, deixando atrás de si pulmões sem fala. Ouvir os ferimentos causados pela mão erguida de um homem contra outro homem. As cicatrizes linha a linha desenhadas. E também pedras e corpos estranhos que fazem latejar os rins, querendo fugir à sua condição de pedra. O som das coisas sem voz, a agonia sem fim de um velho. Ouvir a voz dos filhos desse velho retirando-se para o quarto ao lado, onde segredam. Ouvir a dor daquele que para dela livrar-se agarra – abraça – os próprios ombros. Ouvir o cheiro de deserto dos doentes, das pernas que se queimam nas fogueiras quando as saltamos. O núcleo dos órgãos, suas regiões periféricas.

E resgatá-los com teus desenhos e pinturas. Envolvê-los como ramos de uma vinha. Aquietar-lhes o espírito, arrancar de sua pele cardos e espinhos. Transpor para o papel seu sangue. Devolver-lhes o tempo e sua textura, calar com tuas cores aquela dor que se infiltra. E elevá-los, com eles finalmente ouvir canções, rebanhos, latidos distantes, o som da sirene dos barcos escalando as ondas, o frio. Até que os braços deles estejam prontos, novamente, para reconstruir a terra, e, ao saírem curados por tua porta, deles venha só silêncio.)

27

ATÉ que por tua porta eu entre depois de uma longa ausência, ocupando meu lugar na poltrona ao lado de tua cama. Pronta para seguirmos. Mas antes será necessário estabelecer o acordo tácito de não falar palavra alguma sobre minha falta, como se aqui eu estivesse desde sempre lavando-te pincéis, preparando lápis e tintas e entregando-te cada uma destas folhas em que desenhas deitado agora, com um tampo de madeira apoiado nos joelhos. À noite, ninguém se aproximava do portal do prédio. Notei como deixaste várias vezes de dormir, aproveitando a calma e o silêncio para esboçar uma pintura. Penso qual dos habitantes do mundo exterior, que finalmente te deixou em paz por algumas horas, mereceria o esforço de prolongares ainda mais o teu trabalho. Vejo como fazes várias tentativas de retratar as mãos – a primeira parte de um corpo a tentar ganhar forma no papel –, os pés – que parecem calçar sapatos rústicos numa estrada de terra cercada em suas margens, além das quais nada foi criado ainda –, os braços, o tronco, as calças simples, a camisa grossa de algodão, mas ao chegar a vez de dar forma às primeiras linhas do rosto elas se criam repetidas vezes para depois se dispersarem sob o atrito da borracha em teus dedos, que as apagam, e com elas todo o restante dos vários corpos esboçados, como se do rosto eles dependessem: desenhos que se arremessam e acumulam da cama ao chão em gestos de raiva. Tu examinas o último esboço jogado fora. Deixas o rosto de lado. Dedicas-te a criar pastos além das cercas, que sobem e descem em ondulações. Retornas ao rosto. Lá fora o frio aumentou, trazendo a chuva com a urgência de uma mensagem. O quarto cheirava à madeira de teus poucos móveis. Depois de várias noites estudando proporções, vejo como acertas o perfil do queixo, e a partir dele surgem em traços fáceis o contorno da caixa craniana, a veia jugular. Quanto aos cabelos, é difícil pintá-los fio por fio e obter um resultado convincente, e talvez seja por isso que utilizas o recurso clássico de criar, no lugar de fios, mechas, que nada mais são que fios condensados, e pela primeira vez parece que tua obra flui a ponto de pegares pincéis para dar forma a estas mechas, e sabemos que a melhor maneira de o fazer não é em pinceladas bruscas, mas sim como agora, findando-as levemente, aos poucos.

Na rua em frente ao prédio, dois renques de ciprestes ladeando as calçadas chamam minha atenção e penso como pude nunca percebê-los. Ao retornar meu olhar a ti, vejo-te no último estágio dos esforços para sair da cama, carregando, com uma expressão de alívio, a folha de papel em que havia princípios de um rosto, fixado com tachas no tampo de madeira e conduzido ao cavalete no meio da sala. Coloco-me às tuas costas, como sempre, observando por cima de teus ombros aquela face ainda em estudo. E talvez tenha sido a tosse de tua garganta, ou a cor cinza da pele de tua nuca que me fez pensar: desde nosso primeiro dia juntos, eu, sem me dar conta, sempre poupei teu rosto. Contorno teu corpo. Posiciono-me de frente ao cavalete quase como se posasse para um retrato. Não consigo impedir minha mão direita de elevar-se em direção a mechas tão semelhantes às que pintas; e, ao quase tocá-las, quase descer em direção ao ponto médio abaixo de tua testa, entre tuas sobrancelhas e olhos, eu recuo diante da visão futura e possível de uma pele seca, afundando e rompendo-se, arruinada, e caminho para trás dois passos. No mesmo instante em que, vindo de ti, um olhar parte em direção a um dos pincéis que ficaram sobre o criado próximo à cama. Eu me envergonho, ainda que entre nós nunca tenham sido definidas fronteiras, limites de atuação. Afasto-me ainda mais, apoiando as costas no parapeito da janela. Vejo-te voltar com o pincel, depô-lo ao lado do cavalete e agarrar a manga direita da camisa. Penso: *Talvez a melhor forma de recompor meus brios seja recuar minha voz.*

E digo,

Rasgou a manga direita da camisa e viu que o tecido puído do cotovelo se grudara à carne viva. Viu como estavam ásperas ao toque as vértebras do pescoço, desabotoou o cinto, e só agora viu como nele fizera com a faca ao longo dos últimos meses um primeiro e um segundo e um terceiro e quarto e quinto furos. E quando o soltou não pôde deixar de ver como era macia e ao mesmo tempo dura a estreiteza dos quadris. Desejou ver-se no espelho que só agora percebeu manter coberto com lençóis, como se também por este espelho, a exemplo de uma fresta, uma janela, nascessem sons, e descobriu-o, pôs-se a ouvir os estalos que faziam as articulações de sua nuca ao se curvarem para a frente, para a direita, a esquerda, à medida que olhava para seu corpo refletido, identificando proporções. Ouviu dobrarem-se as ligas de cartilagem entre os ossos, viu como pintar a si com uma mão que no papel atirava punhados de tinta enquanto a outra retirava excessos e dava formas, viu, surpreso, que pintar sua figura era um processo idêntico ao que fazia todas as noites com aqueles animais do matadouro, que mascavam uma massa de capim salobra, perseguindo-o com aqueles olhos, viu, sorrindo, que suas proporções recordavam as de um animal, e ao seguir pintando eu pude ver como optou por reproduzir-se como um homem em cujo passo e postura refletiam-se os dos animais, daqueles que o cercavam, curiosos, quando laçava o primeiro deles. Ouvia agora suas veias de homem, mirava-as no espelho, e quando as transportava para o papel as recolhia sob a carne e a pele novamente, curando-as, pensando-as, e era com uma pele limpa de recém-nascido que criava seu retrato, de pé na trilha, o ar lhe entrando e saindo livre, sem esta ânsia áspera que lhe vem surgindo nas últimas noites e que o obrigou a dormir quase sentado, pois se não fosse assim lhe faltaria o ar. Ouvia o ar: como ele se decompunha e ajudava a fabricar o sangue. E, no retrato, ao pintar o sangue, julgou melhor reduzi-lo a uma sombra escondida, e não fazê-lo como esta matéria que lhe sai, manhã sim, manhã não, junto à água com que lava a boca. Pintou um homem com peso, plantado à estrada, não este que se obriga às vezes, no meio da noite, a segurar-se nos lençóis, pois acabou de sonhar que dormia flutuando rente ao teto, ouvia o que foram as manchas de seus braços e são agora chagas, pintando-as como quem as arranca, reduzindo-as ao que eram no princípio – simples manchas –, e restaurou em seu olhar uma velha leveza de menino que tivera antes que o Conselho da cidade o arrastasse ao matadouro pela primeira vez, entregando-lhe em mãos uma chave do mercado que a ele caberia passar em revista todas as noites quanto retornasse da lida com as reses, pois aqui, na cidade, todos temos nosso papel, este é o teu, aceita-o. Cabeceou de sono, levantou-se, foi até a cozinha e serviu-se de um copo d'água, lavou a cara, voltou para diante do papel, lembrou-se de si mesmo como era antes de tudo isto e vestiu o homem na trilha com uma calça simples e de fibras sólidas, não esta que o vem traindo por mais que esquente a faca toda noite e perfure o cinto e a reponha quase à força, justa, em seu lugar. Ouviu como estava agora, sem outra roupa que estes panos que de tão rasgados quase lembram uma túnica, viu seu semblante lívido, ouviu-os, os ossos de seu rosto, e, finalmente, bem no fundo do espelho, encontrou a imagem que queria para si. Tossiu uma vez. E outra. Outra. Puxou à volta da garganta a túnica e pôs-se a finalizar o rosto.

Colou seu retrato na parede menor da sala, ao lado da mesa onde fazia as refeições, num dos poucos espaços livres que restaram. E notou que naquela rua do mapa da cidade que escolhera como lugar para si no mundo havia uma coexistência de horas e estações. Viu que, na parte norte, a luz do sol subia em flamas de meio-dia sobre as casas, enquanto, num desenho logo ao lado, que representava a praça e o ponto de charretes, já era noite: homens desarreavam seus cavalos. Recuou. Olhou em torno, para todo o painel que recriara. E constatou que não somente em sua rua, mas em todas elas, e nos largos, e nos terrenos de lixo e espinhos, nos pátios onde se acumulavam tijolos, sobre a superfície de muros, e nos sobrados com portões de ferro da região central, e à volta e no interior de casas de pedra ou madeira alinhadas ombro a ombro em frente a lampiões, havia a mesma e simultânea condição de lugares onde era dia e outros onde corria a noite, como se esta cidade, pintada e desenhada em momentos diferentes, contivesse em si uma síntese de toda a expressão do tempo. Observou os homens e as mulheres na parede. Lá fora, daqui a pouco, eles despertarão, confiantes em que um desenho de seu rosto e corpo é portador de boas-novas. Alguns deles, ainda não transpostos para o papel, se aproximarão do pórtico do prédio assim que o dia clarear.

Retornei para o lado do homem em frente ao painel, a seu retrato. Olhei para aquela pintura que o representava tal como o vi pela primeira vez, num caminho próximo ao mar. E notei que, nela, as mãos eram a única parte do corpo que destoavam do conjunto, pois pareciam envelhecidas, apesar de terem sido pintadas limpas, curadas de qualquer dor ou mal. Ou será que me engano? Ou será que nunca conheci suas mãos?

Eu disse,

Às vezes penso que te uso como confessionário. E conversar contigo requer uma acuidade de palavras nem sempre à minha disposição. Penso nessas limitações de minha voz ao acercá-la novamente a ti. Verde-negros, os ciprestes da rua parecem querer subir o prédio até a janela, e imagino que este equívoco em meu olhar se deva às mudanças de luminosidade desta hora. Contra a luz do dia que começa, vejo como deixas tombar ao chão a roupa, a túnica, sem tirar os olhos de teu retrato logo à frente, pintado com a mão esquerda, e talvez por isso dotado de outra força e expressão. Unidos numa ferida, o polegar e o indicador de tua mão direita percorrem, quase curiosos, toda uma geografia de dores, coágulos que nascem na base do pescoço e descem quase já até os dois joelhos, enquanto os olhos se mantêm fixos no semblante do homem na estrada. Sem perceber que, no ponto da parede em que escolheste colocá-lo, não poderia, nunca, haver espaço para aquelas pastagens vazias, tais como retratadas na pintura. Nem para o silêncio. Pois, nos papéis e telas vizinhos, há a cidade, seus sons, engrenagens de uma máquina. Vejo como te aproximas da parede. Conduzes a cabeça até o ponto onde está o teu retrato, nele encostando o ouvido direito, enquanto as mãos se apoiam na superfície de outras pinturas do mural, empurrando-as, e também a tijolos e vigas atrás delas, até que das pontas já roxas dos dedos a força ceda.

Ouço uma voz. Fixo meu olhar em tua mão direita. Tenho a impressão de que uma presença estranha diz "você" repetidas vezes. Será ela que me traz esta vertigem? Minha vista escurece, clareia segundos depois. Encontro o arquiteto, terno de brim cinza, colete verde, de pé numa zona luminosa em frente à capela. Ele estende, diante do menino que recua, uma folha com o projeto acabado da igreja. Diz "você" a cada passo leve que o aproxima da criança, conta que tem de lhe mostrar uma última coisa antes de ir embora, toca, pela primeira vez, aquela crispação de cabelos, que relaxam, como os de animais que conquistamos. Leva-o até uma charrete. Puxa, de seu interior, camadas de cobertores. Pede que o menino se apoie nos estribos. Que concentre os olhos. De súbito, o mundo se enche com a imagem do vitral, acomodado sobre outros panos, e, depois de um aclaramento que durou o intervalo de duas ou três respirações, a criança, habituando a vista, nele pôde distinguir um homem deitado numa gruta, enfaixado em trapos. Sua sepultura acaba de ser aberta. Ele acorda, cego pelo disco de sol pintado ao longe. Mira, confuso, aqueles que romperam da caverna o selo. Vê duas mulheres, que sobre ele se reclinam, despem-no de faixas e gazes, tocam aquela pele lisa, concluem, fascinadas, que sobre ela não há mais feridas, nem cicatrizes.

O arquiteto fala sobre o vitral, joia da coroa da igreja que a cidade erguerá com suas próprias mãos. Presenteia o menino com um estojo de lápis e pincéis e folhas brancas. A criança limpa as palmas na barra da blusa. Mas toma o soco; é lançada num monte de terra por vozes do Conselho, que chegam sem aviso, caem e apedrejam, gritam obrigações que deixou pra trás no matadouro, voltam-se incandescentes para o arquiteto, declarando, Mete-te com tua vida, já é tempo de partires, e assim foi que, debaixo do som quebradiço dos lápis de desenho sob aquelas botas, e a cada "tu" cuspido contra o homem – que fecha seu estojo –, e para baixo, até o menino – que sente um lado do corpo tornar-se mais espesso contra o chão que o arrasta –, eu juntei meus próprios dedos, com eles em concha tentei reter aqueles gritos, que caíam de volume, numa sequência de dias e noites que me afastaram, contra a vontade, de novo para tua sala, hoje.

Em pé, rente à parede, você insiste em manter colada a cabeça e o ouvido contra seu retrato. No pórtico do prédio, ganhando confiança por conta do dia que se abre, os primeiros homens chegam, escalando a escada, papéis nos bolsos. Caminho para fora, até o corredor. Penso que talvez seja melhor fazer algo para que você saia da frente desta parede, cubra o seu mal. Mas não. Prefiro estar aqui, aguardando-os até o momento de passarem por mim. Prefiro estar de pé diante de um espaço escurecido em cujo interior sei haver degraus e este corrimão, com lascas e retalhos em seu verniz, e que desce, em espirais, até o solo e a terra.

A música

28

E TEVE início tua morte. Quase contra minha vontade, num dos dias – eram frequentes – em que eu me questionava sobre a necessidade dessa dor que te fiz roer tão fundo; em que pensava se cada um dos sons que trouxeste para mim sob a forma de pinturas e desenhos, colando-os diante de meus olhos, ensinando-me a ouvi-los, vê-los, valeria a existência de teu ventre passado pela dor, que é e existe, tão real quanto carne exposta, embora os cronistas do mal de Lázaro insistam em dizer que a lepra traz consigo a insensibilidade, não a dor. Tua morte teve início na manhã que reservei para despedir-me, sentada na cabeceira de tua cama, preparando-me para o momento de tocar tua pele uma última vez, não com o objetivo de ferir, mas sim de reverter atitudes que foram longe demais. Confesso: ao ver-te dormindo, eu chegava a divertir-me ao pensar na tua face acordando e investigando a pele, sentindo-a morna, quieta e curada. No teu espanto ao olhar para a parede e vê-la – assim como a pele – descoberta; sem nenhuma marca; sem pinturas ou desenhos; pois eu me reservaria um único direito: o de levá-los, os sons, comigo. Pensei que, se estava decidida assim a deixar sem fecho a crônica do período que estivemos juntos, que ao menos ela contivesse em seus últimos instantes certa simetria, e que o toque inicial de tua cura se desse na mão direita, a primeira que tomei nas minhas, no ponto logo abaixo dos dedos indicador e médio – no princípio –, a partir de onde meus dedos percorreriam teu braço, tronco, pescoço, outro braço, pernas. Era o que tinha em mente. Mas, quando segurei tua mão – ela dormia de palma para cima sobre o lençol –, virando-a em sentido oposto, buscando o intervalo com carne à mostra em que deixei minha primeira marca, senti uma força fechando-se em torno de mim: ela, tua mão, tensionada, segura em seus propósitos, puxando-me para baixo.

Naquele que foi o primeiro dia de tua morte a alavanca de tua mão e de teu braço forçaram-me a ver-te de perto, dormindo ainda contra a luz da cabeceira. E, quando relaxaste, soltando meus dedos, eu, novamente de pé em frente à tua cama, pensei que por mais que tudo isto tenha sido ato reflexo de um homem que sonha e que vira para o lado e se cobre, eu não poderia nunca mais dizer, Conheço tuas mãos. Alguém bate à porta. Ouvindo as batidas repetirem-se, eu me dou conta de que a manhã já ia longe e que teu sono parecia estender-se contra o costume que tínhamos de acordar cedo, até que levantas enfim, caminhas pela sala vestindo uma calça e camisa de mangas compridas, abres o ferrolho, e o visitante, seguindo um rito já incorporado às práticas da cidade, senta-se à mesa, ao lado do cavalete.

Senta – eu me lembro – de uma forma que me traz de não sei onde a lembrança desses movimentos, apoiando sua lentidão magra no espaldar, puxando-o para si, contornando a cadeira pelo lado, nela firmando agora apenas o braço esquerdo enquanto o corpo desce em direção ao assento com a prática humilde de um velho habituado a abaixar-se, erguer-se, fazendo-se invisível enquanto transporta seu balde de restos de comida pelo mercado, entre barracas. A testa larga, a pele quase entalhada em ossos, o velho olha para ti. Pois a cidade sabe: antes que se ponha no papel o primeiro traço ou cor de qualquer pintura ou desenho, aquele que chega à tua casa deverá relatar, frente a frente. O velho move os pés dentro das sandálias, olha em direção às paredes recobertas pelo mural.

E diz,

Talvez tenha sido porque meu retrato nunca esteve aqui,

talvez tudo isto ocorra porque ele foi o único feito no chão do mercado e até agora lá permanece,

e, embora dele ninguém se aproxime,

o pó dos tijolos que usaste para desenhá-lo já quase se gastou por causa dos dias,

do vento,

da água,

do abandono,

do próprio fato de a pedra nunca ter sido feita para receber desenhos.

Não, não tenho dor.

Mas talvez por conta da morte de meu retrato no mercado

eu tenha começado a ouvir, todos os dias, este ruído estranho.

Como que ruído?

Pensei que também o ouvisses, é tão claro,

um fio d'água duma fonte que cai de um cano, deixando-se correr por ladeira rugosa até um tanque.

Não, não o vejo.

Apenas ouço, límpido como se agora nesta sala: é uma cisterna,

sei que está assentada no meio de um salão também feito de pedra, no interior do qual, quando fecho os olhos, é como se eu caminhasse,

e nele estou só, sei.

O que te peço é que a cales,

pois faz dias que não descanso e as pernas já me faltam,

e sei que te lembras do que me fizeram quando caí pela última vez.

Sim, posso levantar minha manga direita.

Como? Se te digo que há dias tento me livrar dessa sensação de estar só num recinto em frente a uma cisterna, ouvindo rumores,

se te digo que por isso não posso mais dormir,

como poderia responder-te quando apareceram essas manchas em meu punho?

Só te peço que cales a água.

Alivia-me.

Demorei para vir a ti, pois sou-te grato.

Lá fora já é tarde. Braços se estendem das janelas em direção a quintais e ruas, atirando restos do almoço. Bandos de aves cruzam o ar até o chão, colhendo. Um vendedor passa. Três homens no saguão do prédio abrem espaço para o velho que sai, toma o balde deixado ao pé da escada. Tranca-se o ferrolho de tua porta. Abre-se a folha rente ao cavalete. É uma cisterna recriada no rastro de palavras e indicações precárias, e talvez por isso, no papel, ela surja quase à base de tentativa e erro: primeiro o reboco das paredes, depois o teto, que, não se sabe por qual motivo, tu pintas alto e escuro, quase além dos limites da vista. E me pergunto por que criar uma cisterna e um salão assim cheios de vazios, até que de não sei onde neles ouço vir aos poucos, organizando-se por dentro, algo como uma nascente, e quando fazes no papel correr a água como quem na parede escavou um poço e lhe conferiu ordem e sentido, mandando que descesse pela rampa e caísse, enchendo um tanque, o som daqueles filetes era quase como de novo a voz do velho, lenta.

Caminhamos até a parede, conduzindo o papel e a cisterna. E, por não termos sido capazes de imaginar seu espaço exterior, não sabemos em qual bairro da cidade colocá-la; ao lado de qual desenho. Talvez seja por isso – por estar livre de portões, de um caminho de terra úmida que conduza até ao saguão escuro no qual, tal como o velho, ficaremos de pé, sozinhos – que a voz daquela fonte colhida numa folha nesta mesma folha pareça não encontrar limites; e que, para ouvi-la, não precisemos pousar a audição na superfície do papel, como fazíamos com tuas outras obras. Ficamos os dois de pé no centro da sala, tu com um papel nas mãos, eu imaginando que amanhã, quando dispusermos de tempo, poderemos sair pela cidade em busca da água e sua localização precisa, e ergueremos muros, jardins e grades em seu desenho, finalizando-o e plantando-o em lugar exato na parede. Deixaremos de ouvir. Por ora, talvez seja melhor parar de andar em círculos; guardar na gaveta a fonte.

Acordamos na manhã do segundo dia com o mesmo som, que nos acompanha escadaria abaixo. Quando olhamos à volta em frente ao prédio, de pé na praça, procurando a melhor rua para iniciar a busca, penso serem inúteis os velhos métodos que utilizamos antes: tu e eu caminhando, atentos à direção a partir da qual o ruído é mais alto. Pois ele não sobe ou desce de volume: líquido na mesma altura. Tomamos o caminho de todas as manhãs, o do mercado. Atentos a canos, a uma possível chuva. A torneiras ou a poças, a qualquer coisa que tenha a água como matéria-prima ou componente e que nos indique pistas. Ela, sempre correndo, contínua e sempre, embora pareça ser ouvida apenas por nós dois, pois estes que cruzam conosco nem sequer olham para tua face e nada mais pedem, já tiveram desenhado num outro dia tudo aquilo que os aflige, desfizeram-se seus medos. Não fosse a vinda daquele velho na data de ontem, quase poderíamos dizer que já se esgota a busca desta cidade por ti. Restam poucos habitantes que em tua casa não estiveram, ou que na rua não te abordaram com uma folha de papel.

Seguimos. Chegamos ao pátio de cascalho em frente ao mercado, onde se alojam vendedores que não puderam vencer a luta por um espaço lá dentro e estendem mercadorias em toalhas sujas e engorduradas. Nem mesmo estes, os desprovidos, parecem ter algo a pedir. Ainda assim, investigamos suas bacias. Seus cântaros de barro. Cruzamos o arco principal. Damos com o rosto do velho e seu balde, olhando-te agradecido com a face limpa de quem pôde dormir e agora se dá ao luxo de, após breve aceno, virar-te as costas. Como nem sequer te olham todos estes outros com os quais cruzamos na ala das vidrarias, na das panelas, na dos temperos, das lojas de consertos, dos alfaiates e açougues, barracas de frutas e cambistas, e até mesmo na porta que dá para um pequeno pátio lateral onde se matam aves. Sempre em todos os lugares ela, a água (a que corre das frutas; o sangue das aves), exceto a de uma fonte; exceto a entrada para a cisterna. Algo em tua forma de andar me diz que concluíste também não haver nada neste mercado. Que o melhor talvez seja tomarmos o caminho para a estrada de terra e o matadouro, onde, para além do curral, há outros lugares. Próximo à saída, quase sem que o percebêssemos, uma mão alcança tuas costas. Quando nos voltamos os dois para olhá-la, não foram a carne e o corpo que a sustentavam os responsáveis pelo reconhecimento, mas sim a própria mão, suas falanges fortes, a palma em forma de casca habituada a contorcer-se em torno da roda de fiar; foi como se, naquela manhã, no mercado, ao ouvirmos a voz da fiandeira, que toma fôlego – pois ao que tudo indica esteve atrás de nós desde que entramos – e que inclina para o alto, em tua direção, os olhos, foi como se, ao escutá-la, ouvíssemos não sua voz, mas a fala da mão que toma agulha e lançadeira e fuso entre os dedos; que carda a lã.

A fiandeira diz,

Sei que são rodas-d'água quando as ouço.
Construídas dentro de um rio
para trazer água a terrenos mais acima.

O rio as gira; impulsiona-as com a própria água.
As rodas cardam o rio como uma roca,
elevando a água em canos – fiando-a.

Por que as ouço?
Responde-me.
Se aqui, nesta terra, não há rios, somente o mar?

Ouço-as à noite.
Peço-te que as ponhas no papel assim.
Girando à noite.

Disse outras coisas, de que não me lembro; porque meus sentidos estavam todos concentrados em suas palmas tomadas por pequenas manchas cinza, tendo sobre si uma cobertura protetora que me lembrou o sangue seco de um ou dois dias de idade. Quero enlaçar minhas próprias mãos às dela, mas acho melhor apenas sentar-me num canto discreto da barraca de tecidos para onde nos levou. Penso ser melhor vê-las sem tocá-las, as mãos. Elas se levantam, baixam em gesticulações, mostram o diâmetro das rodas-d'água por meio de retas traçadas em frente a teu rosto, imitam o giro, usando como exemplo o manejo da própria roca de fiar; sobem de forma a descrever o percurso do líquido até cinco canos de chumbo na base de um reservatório, de onde, ramificando-se por canais, irrigam a terra.

Saímos pelo portal dos fundos do mercado. Pensamos nela. Em como armou uma trempe e o fogo com rapidez, dizendo que o mínimo agradecimento devido era um café. Marcada pelas manchas, estendeu a xícara de folha, alertando que estava quente.

Aperto o passo. Olho à volta da estrada que nos conduzirá ao matadouro. Na secura das pastagens não há nenhum sinal de sulcos ou canais que possam irrigá-las. E, se os houvesse, onde estará o rio? As rodas-d'água? Na próxima curva, à frente, surgem os primeiros mourões da cerca do rebanho. O som das rodas-d'água brota do desenho guardado em teu bolso. Lembra o eixo e as pás de um moinho. A ele se soma o ruído da cisterna, que esquecemos muito provavelmente por termos centrado toda a atenção na fiandeira e em sua angústia.

À noite, no centro da cidade, retornando para casa, teu corpo vacila e teu ombro direito vai de encontro a um muro. O casaco se corrói à medida que segues andando. Não enxergo o rasgo aberto, mas escuto um tecido fino sob o couro, contra as pedras, e depois outro que me lembra ataduras que se esgarçam. E finalmente outro som, grave. Você cobre os olhos. Tem a impressão de que eles cedem, afundam nas órbitas. Sente algo escorrer pela face. Estende adiante os braços. Mas não os vê na fossa escura que parece ter nos rodeado.

Encostamos no muro. Atrás do rumor d'água é possível ouvir com nitidez uma voz que dá ordens ao menino, dizendo, Limpe bem as facas, guarde-as no cepo, não se esqueça de enrolar as cordas, de lavar o sangue da canaleta, caso contrário logo virão moscas, por enquanto ficaremos nos trabalhos mais leves, até que tua musculatura crie fibra. Venha, agora temos de escolher os que irão para abate amanhã, diz, enquanto o menino, enlaçando, como o ensinaram, a corda ao redor do cotovelo e da palma direita, guarda também, com o olhar, a lembrança de cada um daqueles cabelos grisalhos prematuros de quem o instruía, a linha em gancho de seu nariz, o formato das pernas para dentro. No fim da tarde, ao partir atrás dele e de outros na estrada, irá se aproveitar de que o esqueceram. Atentará para como seguem em fila, arrastados; como aquelas nuvens que correm acima de seus chapéus, somadas a poucas árvores, darão uma composição perfeita para a cena que tem em mente. Ele esconde na memória a imagem. Deixando a cama à noite, guiando-se pela réstia de luz de seu pai e de sua mãe, que tomam o último gole de café ao lado do fogão a lenha, posiciona-se atrás da porta, aproveitando sobras do feixe. Aguardará que partam pela outra saída. Colhe no fogão uma brasa fria, recosta-se contra a parede, limpa o pedaço de madeira que conseguiu trazer. Firma-o contra os joelhos. Com o carvão traçará, ao lado dos perfis que o instruíram, hoje, acerca do ponto exato na garganta para o corte, traçará junto a eles o rosto do pai, da mãe. Haverá vezes que todos lhe parecerão variações da mesma linha seca.

29

PASSO a noite medindo de um lado a outro a extensão de sua sala. Vou até o quarto. Sento na poltrona. Levanto. Lavo o rosto. Vejo você cair e retornar do sono enquanto a cisterna e as rodas-d'água escoam da gaveta até nós. Suas vozes adquirem, à medida que atravessamos juntos o caminho até aquele que será o terceiro dia, um rumor mais nítido quando as ouvimos, os dois, dormindo. Acordo na poltrona por volta das seis da manhã. A cidade demora mais que o normal para se levantar. Você desperta. Caminha até a mesa. A cisterna e as rodas falam mais forte quando saem do interior do móvel, seguras em suas mãos.

Seu corpo se dirige até as paredes e o mural, mas retorna antes de chegar. Ao longo do trajeto de ida e volta, os braços mantêm unidos, diante dos olhos, os desenhos. Mas, sem razão aparente, começam a abrir-se, lentos, estabelecendo um espaço entre as duas composições no papel. Chega em toda a sua força a manhã do terceiro dia. Você se agacha, pousa os esboços no assoalho. Ao distanciá-los ainda mais, deixando um deles no piso da sala, conduzindo o outro até o chão do corredor, percebe que o baque das rodas no rio e a cisterna separam-se também, como duas notas cada vez mais puras. E, agachando-me ao seu lado, eu ouço surgir um intervalo de silêncio entre cada um daqueles sons – água, ausência, água –, e ele aumenta quando você prossegue afastando uma da outra as folhas – água, expectativa, água.

Ficamos aqui dentro, manipulando os sons, suas pausas. Pouco a pouco, eles se tornam duas margens. Divisas. Entre elas, no espaço máximo de vinte segundos, que conseguimos produzir ao colocar os papéis nos extremos mais distantes destes cômodos, há um vácuo agora, no interior do qual podemos respirar.

Tempos atrás, o menino também respira. Aproveita o horário do almoço para recostar-se num feixe de toras, em frente à cerca do curral, fora do campo de visão dos que sentam logo atrás com marmitas entre as pernas. Ele alisa um papel de embrulho. Prepara-se para desenhar outra variante dos mesmos homens e rebanho, do telhado enferrujado sobre a casa de ferramentas invadida de capim, de tábuas que já começam a apodrecer num canto cheias de pregos com pontas para o ar. Prepara-se, quando um cão – distinto daqueles pele e osso que sempre rondavam as cercas – passa à sua vista. Tinha pernas longas, o dorso vermelho-cobre. Do fundo da máscara preta de pelos ele observa, atento, os lápis e os papéis do garoto. Sobe depois a face e o encara. Uma voz atrás soa o alarme. Pedras voam sobre o feixe de toras e caem ao redor do animal, que eriça o pescoço e rosna, recua um passo mínimo, sem desviar o foco de sua atenção daquele filhote humano que, ao contrário dos que pulam mourões e tentam cercá-lo, se mantém sentado e quieto, fita-o também. O cão vira as costas, parte.

Põe-se a desenhar os traços que dele reteve. Procura, entre quatro lápis de cor, um que melhor se preste a reproduzir aquele dorso contra o sol, mas não o encontra, e tem a ideia de moer a mina de dois deles contra a madeira, aplicando uma contra a outra e umedecendo-as. Tenta imaginar como o arquiteto – tirando o paletó e dobrando a camisa para não sujá-los – utilizaria esta mistura, e, vendo-o num relance, aqui, sentado atrás de um monte de lenha nos poucos minutos que restam para o fim da hora do almoço, nota como ele, antes de desaparecer, ainda teve tempo de guiar seus dedos rumo à tinta e conduzi-los num arco contra a folha de papel, recriando as costas do cão. O menino toma o lápis preto. Desenha a máscara. As pernas. Retorna ao trabalho quando o chamam. Mas, no caminho de volta para casa, em vez de seguir pela estrada, toma uma vereda e passa um longo intervalo em pé diante de uma árvore na qual, como pingentes, frutos curvam ramos. Desenha-os. E amanhã perceberá que a madeira que utiliza como tela quando não dispõe de papel possui veios que nunca havia notado, e que, se os seguir, obterá efeitos imprevistos (um dia, num reflexo, verá uma mulher numa poltrona velando o sono de um homem).

Redemoinhos de poeira sobem até a altura de seu prédio e de construções vizinhas trazidos por uma brisa que vem do oceano, ele que nesta época estaria calmo e não faria ventos, nem sequer esta brisa incomum. Permaneceria quieto, como sempre pouco disse, contentando-se em imaginar a cidade cujos sons lhe chegam por cima das montanhas, ou por via indireta na conversa dos pescadores. Sempre foi assim que o mar soube da cidade, como se não precisasse lê-la. Isto não é um livro, é a terra, ouviu certa vez um pescador dizer. Ou foi um pastor, desses que se alojam nas encostas? Não se lembra. Estranho a forma como esta aragem cheia de sal vinda do mar chega sem cerimônia às ruas hoje, traz redemoinhos. Talvez seja por conta deles que a cidade demore mais que o normal para sair. Sentamos os dois no chão, de frente um para o outro. Nos alojamos naquele espaço de quietude entre o som da fonte e das rodas, que vão e vêm, em alternância, pendulares, emoldurando, em seu interior, vinte segundos de silêncio. Creio que seja por isso que nos dão a impressão de baixar de volume, depois quase aquietar-se, lembrando aqueles ruídos com os quais nos habituamos e por isso pouco ou nada deles existe mais. Ar que se respira sem consciência.

Quase dormimos, aproveitando a fresca da brisa. Mas por mais que nos beneficiemos desta trégua é melhor levantar por alguns instantes, antes que as espirais carregadas de pó se aventurem pela sala, pois mesmo daqui, do chão, vendo-as de longe pela janela aberta, é possível ler suas intenções. Preparo-me para puxar a cortina. Pressinto sons de passos. Olho para a rua. Está vazia. Saio de casa, percorro a escada. No prédio ninguém se mexe. À medida que as espirais vencem as barreiras que tentamos erguer às pressas e se instalam, uma a uma, debaixo da cômoda, sobre a cama, ao pé do mural, no quarto de despejo ao lado da cozinha, eu ouço, acompanhando passos, outros ruídos:

mãos que não são suas nem minhas esfregando olhos;

olhos que com auxílio das mãos examinam manchas na pele;

outras mãos que roçam a carne ao pé da nuca, procurando a origem de um desconforto;

dedos que pressionam pontos no braço que às vezes doem, outras vezes são insensíveis;

e, na trilha desses rumores, corpos que aqui parecem entrar sem cerimônia, e suas vozes, elas dizem, É um arado que ouço sulcar mesmo à noite, quando ninguém trabalha, É uma árvore que escuto crescer quase como dentro de mim, É um granito que ouço explodir e transformar-se em terra.

Vieram outras. Depois, à medida que a tarde demora a escurecer com uma persistência estranha para esta época do ano e o vento reflui, levando consigo rastros de pó, deixando limpa a casa, nós, apurando os ouvidos, temos dificuldade para compreendê-las, pois falam cada vez mais baixo. Nos aproximamos da janela, olhando para o pórtico de entrada que não se abriu durante todo o dia. Até que a noite se fecha.

30

A VERDADE é esta: sabíamos. De certa forma, ao ir para a cama, sabíamos que as vozes eram uma antecipação do que seria ouvido quando a terra completasse mais uma volta e a cidade acordasse no quarto dia (acordará; sabíamos), e vozes que encontraram seu correspondente em corpos empurrassem a porta e sob o olhar de reprovação das asas esculpidas subissem a escada, como fizeram da primeira vez. Atravesso a noite medindo o espaço entre o desenho da cisterna e o das rodas, ouvindo sua melodia interior. Deixo você descansar. De manhã, percebo que seu sono não cede, caminho até a praça em frente e sento entre as três seringueiras, imóvel como as árvores. Um casal surge na rua, tão cedo que se antecipa aos varredores: um homem alto, sólido, com uma calça de tergal preta tendo na frente um vinco, a camisa xadrez clara para dentro; sua mulher, dedos pesados de anéis. Outros chegam. Uma velha de queixo duplo. Outra com veias saltando nas têmporas brancas. Levanto-me de meu posto. Caminho em direção a eles, e a dois varredores que enfim vieram, e também ao jovem de cabelos curtos quase louros, e a outro de calça rasgada, suspensa por um cinto, rindo sem motivos, olhando ao redor, lançando perguntas a cada um dos que dobram a rua e se dirigem até a porta do prédio. Eu caminho, toco a pele deles, sigo seus olhares para o alto, faço tentativas de emparelhar minha audição com a deles, meus sentidos, e quero conversar contigo sobre como desta vez, dentro do saguão, eles atravessam boa parte da manhã sem se decidirem a subir, até que escutamos, vindo de andares de cima, o som de várias portas abrindo-se no prédio.

Sento à mesa do porteiro. Ouço a fala de dois grupos – os que chegaram de fora, os que vivem aqui – fundir-se numa só conversa cada vez mais difícil de entender à medida que ambos ganham altura nos degraus, até que calam, batem em sua porta. Retornam ao saguão já no meio da tarde, com um amansamento em suas expressões. Escutando-os conversar no caminho de volta para casa, eu me pergunto, O que houve com a lei do silêncio que, um dia, com pinturas e desenhos, você fez descer sobre eles? Ouço a cidade, caminho por aqueles becos em volta do pátio da igreja, onde alguns homens conversam olhando para seu prédio, outros jogam damas, bebem. Ouço suas vozes. Risos. Gritos. Afazeres. Animais de carga. O sino da torre, três horas, quatro horas. Talvez seja a falta de hábito em escutá-los que faz com que demore a perceber a presença de um deles, que, assim como eu, caminha pelo pátio. Ele lança olhares clínicos sobre a pele de todos. Afasta-se quando notado. Dirige-se a outro grupo, que entrou na igreja, acompanhando-os até perceber que não o queriam ali. Ele retorna. Senta-se em meu banco. Os vincos que descem de seus olhos em direção ao rosto se cavaram ainda mais nos últimos meses. O sino bate cinco horas. Levantamos. No saguão do prédio não há mais ninguém, e, no último andar, antes de chegarmos à sua casa, o médico faz esforços para guiar-se no corredor escuro, quase tropeçando no chão forrado de tacos irregulares.

Ao contrário do corredor, sua sala está iluminada, beneficiando-se da tarde que parece se estender ainda mais. Talvez por isso eu e ele nos detenhamos por um tempo na soleira, habituando o olhar. Vejo-o: no chão, entre a mesa e a janela, cercado por desenhos. Enquanto você finaliza o último deles, o médico dirige-se até uma das cadeiras, nela apoiando-se. Você levanta, busca em silêncio um percurso entre as folhas. Senta no lado oposto. Eu caminho até a janela e percebo como parte da luz parece não mais se espalhar de maneira desordenada pelas paredes e sobre os móveis, mas, em vez disso, concentra-se – quase senta também – à mesa, entre vocês dois. Um resto de vento chega, vira alguns dos desenhos para baixo. Você estende as duas mãos até ele, segura seu pulso com a direita e desabotoa sua camisa com a esquerda. A pele dele brilha limpa, lisa.

Ele se levanta, atravessa a sala e cruza a barreira de folhas até a janela, onde se recosta e olha para ruas e praças, depois retorna à mesa, sem no entanto sentar-se outra vez, antes de partir. Penso que o motivo de ter vindo aqui foi uma certa gratidão por sua presença ter sido a única além dele próprio naquele consultório dentro de uma casa abandonada, na qual chegará em instantes. Puxará a mala sob o armário, forrando com as roupas o interior dela, depositando, em seguida, vidros de remédios, recobrindo-os com o lençol que tira da cama e dobra. Ele pega o caderno e a caneta. Antes de nos deixar, escreve: "Pois os desta terra não têm cura: deixaram-se iludir por uma falsa paz".

A doença tomou a cidade nos dias seguintes. Numa manhã, após preparar o café, a fiandeira o serviu com a mão esquerda, sem se dar conta de que o braço direito ficou chiando na trempe. O velho com o balde de sobras só notou que esqueceu de calçar as sandálias quando viu a sola dos pés cheia de cacos. Em frente ao coreto da igreja, uma menina jurou escutar vozes que pareciam vir de longe, numa fala estranha. O padre desceu os degraus. Ordenou que as repetisse. Disse a todos que a criança adquirira o dom de rezar em línguas mortas (sons têm vida póstuma). Ao ouvir da menina que as mensagens e orações pareciam entrar no corpo através daqueles dois sinais cinza, que lembravam furos de cravos na palma das mãos, ajoelhou-se.

Eu caminhava entre eles, tocava pontos escolhidos de suas peles, não sem certa culpa. Via-os atravessar o pórtico do prédio e subir tua escada. Diante de você, falavam de manchas se alastrando pelo corpo, de sons que ouviam. Você os desenhava. Dizia que cobrissem as marcas. Após saírem, eu me instalava junto deles nos bares. Eles bebiam: leves, apaziguados. Retornavam, porém, na manhã seguinte, falando de outros sons que substituíram antigos, Não sentia mais meu braço, era como se fosse de outra pessoa; até que as vozes que começaram a entrar queimando ontem à noite por estas feridas me lembraram que o braço ainda é parte de mim.

Sento na cadeira ao seu lado. Vejo-o examinar cada um dos desenhos feitos hoje. Como sempre, você vestiu uma camisa de mangas compridas e envolveu o pescoço em panos para não assustar os que vieram. Toco sua espinha, perto da cintura. Quase recuo ao sentir a mesma agulhada que faz sua vista escurecer, mas aguento.

Que ela assente fundo também em mim!

No fundo de sua memória, o menino focaliza o olhar. Procura nos veios da tábua sobre as coxas uma imagem difusa, que quase captou de relance mas lhe fugiu no momento exato em que ia desenhá-la. Estica as costas. Dobra o pescoço para cima, em sentido contrário à câimbra e à dor. Vê um bando de pássaros migratórios deixando a cidade. Fita outra vez a madeira. Reconhece, em suas fibras, aquele *v* formado pelos pássaros, e põe-se a recobri-lo com o pincel, molhando-o alternadamente em água e tinta preta. Quando é sábado ou domingo e dispõe de horas, começa a explorar pastagens na direção oposta ao matadouro. Mesmo quando consegue uma folha de papel branca própria para pintura ou desenho ele tem a impressão de que o mundo à volta compõe-se de uma intrincada malha de fios, fibras como aquelas da madeira, e que, se ficasse atento, se conseguisse agarrar a ponta de uma delas, era possível descobrir a trama das linhas: o vento que entrelaça vaivéns de ramos de capim, pintados em toda a extensão da folha; a água retida dentro de pegadas, fazendo com que os rastros adquiram tom e profundidade próprios a faces humanas. Pinta, desenha e descobre, quando examina, à noite, embaixo da cama e com uma lanterna, suas novas obras, que os papéis e pedaços de tábuas que dispõe no piso, intercambiando-os de lugar, formam entre si padrões regulares, estruturas ordenadas, que às vezes nem sequer o deixavam dormir, pois, ao repô-las em seu esconderijo, entre o colchão e o estrado, as pinturas e os desenhos pareciam emitir sons, falar-lhe com a mesma voz da casa de taipa que viu ser demolida, ou do riacho que desenhou logo atrás dela. Pinta e escuta, tomando atalhos diferentes em seu caminho de retorno, quando o cansaço faz afrouxar a vigilância daqueles que seguem à dianteira dele, na estrada, e a cada dia passa a inserir sob o colchão um novo desenho, uma nota naquele mapa que se expande, que eleva a altura com que fala, a ponto de o menino, temendo acordar o pai, levantar-se, pegar uma coberta extra no guarda-roupa do corredor e com ela erguer outra camada entre o colchão e o estrado. Cuidando, no entanto, para que uma área ficasse livre. Nela, ao acomodar o ouvido direito após deitar-se novamente, seguiria ouvindo.

Corro minha mão pela parte interna de sua coxa esquerda; a dor que rói a sua e a minha perna não permite que nos levantemos, por isso você diz, Entre, àquele que bate repetidas vezes à porta. Enquanto ele relata os sons que ouve, você, ao perceber se aquietar um pouco a perna, consegue ir até o armário e pegar papel e lápis. A tarde segue. Ele diz, Não, este desenho não adiantou de nada, continuo escutando os cascos, eles me pisam as costas. Não, este outro também não. Não. Não. Como? Ir embora? Cobrir as marcas dos cascos? Não adianta me empurrar, te esperarei na praça até que tu os cales ou então também irás senti-los!

Tarde da noite, saímos para respirar. Damos de encontro a ele, deitado num banco. Ele levanta. Colhe algo no chão. Permanece de pé, empunhando a pedra, depois recua. Só quando notamos que as palavras que se contenta em atirar partem de um rosto que nunca mira você de frente, mas olha para os lados, para baixo, nos damos conta de que com o calor, o sono e a dor na perna esquerda, acabamos esquecendo sua camisa lá em cima. No caminho de retorno pela escada não há ninguém além de nós. Ainda assim, você cruza os braços. Procura esconder o peito.

Sonhamos com o menino. Com o dia em que no matadouro todos fizeram em torno dele um círculo. E o mesmo homem que ali o recebeu pela primeira vez olha para baixo e se agacha, procura batimentos na veia do pescoço da novilha que até há pouco raspava lenta e na horizontal as pernas traseiras. Não encontrando o pulso, o homem ordena que outros nela atrelem o cavalo e a arrastem para onde tem de lhe esfolar. Busca em suas coisas um cinto bem curtido, de cheiro novo. Pondera cada palavra enquanto o prende na cintura daquele de quem se aproxima; diz, Tem cuidado com esta primeira faca que te pertence. Vê que ele tenta limpar as mãos. Mas o impede. Segura-as entre as suas. Fala algo sobre a má sorte imposta a quem remove o sangue da primeira rês que matou sozinho. Deixe-o sair por conta, diz. Na cidade, o menino tem a impressão de ouvi-lo falar outra vez do sangue, vira o rosto mas dá com a face de uma mulher que olha para o cinto e as palmas sujas. Atravessa o mercado na outra manhã. Escuta mencionado o nome dele, Sangue, pensa que isso é lógico, pois não é ali em frente o açougue onde dorsos pingam úmidos em ganchos? Volta para casa no fim da tarde. Percebe que todos os que com ele trabalharam entram num bar quase vazio e de onde alguém, ao vê-los, paga a conta e sai, menciona o sangue. Em casa, tenta entregar ao pai o soldo e escuta, A partir de hoje vais deixá-lo na mesa, e quando se junta a eles para comer percebe uma urgência que se estica e estica a cada noite e que começa a partir-se em cada um dos fios trançados que a compõem, a cada vez que um vizinho fala, Sangue, de forma velada, pelas costas do pai, mas numa altura suficiente para que ele escute, e ao chegar em casa e ver que transportaram sua cama e lençóis para o depósito no quintal, o filho busca, debaixo do colchão, seus desenhos e pinturas, e, quando a mãe surge na porta com um prato e a lamparina, ele pergunta, Que foi feito deles?, e ela não responde sequer aos seus gritos reiterados, dá-lhe as costas, não sem antes tentar contê-lo com carinhos na cabeça como quem segura uma extremidade da corda que acaba de estourar, e lá vem pelo quintal a outra ponta, o pai, picando em pedaços papéis e telas de tábuas, perguntando, É isto que querias?, já estava no lixo, mas talvez aqui no chão de terra seja mesmo o melhor lugar, sirva--se deles; e a mãe, erguendo-se em muralha diante das respostas do filho, diz que é imperdoável responder assim ao pai, sangue de teu sangue, e agachado, tentando recolher aqueles fragmentos enquanto o casal se afasta, ele procura guiar-se por sons e notas, de maneira a reuni-los tal como eram, mas não os escuta, pois o vento muda de rumo e traz vozes da cidade, que falam, Sangue. Na cama do depósito, após selar com terra e lama os ouvidos, ele encontra a quietude necessária para prosseguir, até o fim, a obra do pai, rasgando aqueles papéis em pedaços cada vez menores, desfibrando com o martelo tábuas pintadas que lembravam ícones, e na próxima manhã, ao sair de casa, imita a cadência dos passos que se arrastam pela estrada com seus cinturões, e não tarda a descobrir que se a partir desse dia desenhar somente isto, os homens e seu rebanho, dentro dos limites do curral, aqueles rostos e chifres terão o dom de sustentar o silêncio dentro dele.

Acordamos com gritos cercando o prédio. A voz do sangue corre entre aqueles que acabam de invadir o saguão, sem se decidir, ainda, a subir a escada. Ao escutá-la crescer em volume, você anda de um lado para outro com as mãos rentes ao piso, busca talvez uma porção de terra e lama. Apoia-se na parede. Mas, quase ao mesmo tempo, recordamos a cisterna abandonada há dias no meio da sala. E, caminhando em direção àquele líquido, coberto por outras folhas, foi possível, ao elevá-lo entre seus dedos, escutar seu rumor quase como um abrigo, renovado. Com os olhos postos na cisterna, nós as recordamos, as rodas-d'água, esquecidas no extremo oposto destes cômodos. Você também as busca. Voltando ao centro da sala com os dois desenhos, deposita-os um junto ao outro no assoalho, a meio caminho entre a mesa e a janela. Olha ao redor. Contempla todas as pinturas e os esboços espalhados pelo chão e no mural. Nos sons que deles nascem há algo que parece lembrar uma sequência de notas antiga, vinda da infância. Aos poucos, colhendo os papéis mais próximos e reordenando-os em torno do núcleo formado pela cisterna e pelas rodas, é possível identificar trechos e harmonias esquecidas adquirindo ritmo ao redor da pulsação da água. (No saguão, uma voz consegue impor-se a todos; convence-os a subir.) Ponho-me de joelhos ao seu lado. Você levanta e retorna com outros papéis. O arranjo de pinturas e desenhos já ocupa todo o espaço do chão da sala. (Não há luz na escada, disse alguém. Que importa?, contestou outro. Sabemos que ele vive no último andar. Mas aqueles que moram aqui estão trancados em casa, isso é estranho.) Seu corpo permanece atento àquela música que lhe fala de longe numa cadência cada vez mais nítida, como se dissesse precisar de mais espaço. (Será? Ou talvez tenham sido mais rápidos e já estejam para bater na porta da casa dele. E se for assim por que não ouvimos os passos deles?) Suas mãos colhem no assoalho a cisterna e as rodas-d'água, caminham até a parede, o mural. Segurando a borda do primeiro dos desenhos com o qual iniciou aquele mosaico, você arranca com força a torre da igreja (soa a torre) e no lugar dela posiciona a cisterna, as rodas. Faz o mesmo com outros papéis das paredes e do piso, retirados de suas posições, reordenados. À medida que lá fora corre o dia (Por que a escada nunca termina?), é como se a música cujas partículas são aquelas folhas com desenhos e pinturas se construísse e elevasse na cadência de seus passos da sala até o quarto, dele até a sala, dela ao banheiro, e até a cozinha, removendo, rearranjando como um artífice cada folha, cor e traço, identificando notas, colando-as junto ao par que com elas mantém o melhor vínculo. Toco seu ombro direito. Você engole o grito e se detém por um instante, procurando uma posição que amorteça a dor. Retoma o trabalho. Tira a camisa. Sem ela escuta melhor. Lembra um desenho, o dos troncos da porteira; prega-o num ponto estratégico, num dos vértices superiores da sala, olhando de frente todas as obras. Esboços e pinturas de reses mortas são posicionados numa longa e ampla área, como um coral; e também cavalos, logo abaixo; e o velho; a fiandeira; e o retrato do vitral da igreja, e a própria igreja, o mar. Como quem se deita na cama e acomoda o ouvido numa pequena área deixada livre entre o colchão e o estrado, você segue recordando, compondo, expandindo a música, que se eleva como estrutura, sobe mais, e mais.

Decido ser chegada a hora de me preparar. Ponho o vestido índigo, com estampas brancas e circulares. Os sapatos de verniz vermelho. A echarpe de linho cru. A prata que reveste desde a base até a extremidade de meu dedo anular. Os brincos de ônix. O rímel, o lápis preto contornando os olhos. O batom rosa-pálido, cabelos que permanecem soltos. Miro a porta da sala.

Então eles chegam. Empurram sem esforço a porta que esquecemos encostada. Dão dois ou três passos pouco refletidos para dentro, como se tivessem de frear o último impulso da subida. Sem trocar palavra alguma, sem fazer barulho, veem, após fitar longamente o chão e a superfície das paredes, respirando um ar que lhes entra e sai cada vez mais áspero, sem querer admitir a presença daquele que sabem ali, tão perto, bastando esticar até ele a mão, veem uma certeza, uma consciência repentina de que nada mais valem aqueles papéis em branco que carregaram mais uma vez pela escada, pois o que se mostra, próximo ao toque, naquele corpo parado em pé diante deles, parece gritar em alto e bom som que logo estará impresso na sua profundidade toda, como um talho, também neles.

Em breve a torre anunciará as três da tarde. O último a recuar larga a porta aberta. Harmônica, cada vez mais alta é a música em torno de nós. Aliviados de seu peso, os sons parecem esquecer seus limites nesta casa, flutuam até a janela. O rumor se desprende dos desenhos e salta para o mundo, aproveitando-se da brisa. Dirige-se para uma região além das seringueiras, dos poucos prédios à frente, para quem olha antes de seguir rumo a campos e pastos prestes a se elevarem. Os sons alcançam a base da maior montanha que separa a cidade da orla costeira. Em casa, nesta sala que pela primeira vez desde há dias está quieta, caminhamos até o peitoril, procurando, ao longe, aquela cadência, construída à custa de tantos ferimentos. Mas damos de encontro com a voz do sangue, retornando a partir de cada um dos bairros da cidade, em marcha. Você vai até o guarda-roupa. Após vestir as peças de mangas mais longas que encontrou, toma um rolo de gazes, enfaixa as mãos e o pescoço. Olha para a multidão que se aproxima por ruas e becos. Olha para a base das montanhas, para a música.

E então sai, e eu sigo seus passos.

Dizem que, em tempos não muito distantes, aquele identificado como portador da lepra tinha sua casa incendiada. Era-lhe permitido guardar num saco os pertences que sobraram. Diziam-

-lhe, entre gritos, que deveria carregar um sino no peito, rente à pele, para alertar a todos ao longo do caminho até colônias e ilhas isoladas, onde encontraria os seus. Mas as piores penas eram reservadas ao primeiro que trouxe a lepra à cidade. Faziam com que outro condenado o arrastasse até a praça pública. Que o despisse. Mandavam que perfurasse com uma agulha cada uma das pequenas e incontáveis manchas que se diziam insensíveis. Por fim, submetiam-no à desinfecção da fogueira, tendo aos pés seus escritos, se fosse dado às letras, ou pinturas e desenhos, caso praticasse essa arte. Deveria – até o fim – rezar, pedir que fossem livrados do mal aqueles que, através das chamas, evitavam contemplar seu rosto (dizem que a face atacada pela lepra lembra o semblante de um felino).

Descemos o pequeno declive que se inicia na praça e dá nos becos e na avenida principal. Mas tomamos via diversa, à esquerda, onde paralelepípedos cedem lugar a um solo quase lodoso. À frente, a música parece ter abandonado alguns poucos rumores, fragmentos soltos que, como nós, tentam alcançar sua fonte, escolhendo para isso ruas vazias, saltando muros em quintais onde não há ninguém. Deixamos a cidade. A terra torna-se irregular. Logo haverá uma casa de fazenda, abandonada como todas hoje. Plantações pesam em feixes até o solo, rebanhos caminham, detêm-se em pontos onde a vegetação se encorpa em moitas, depois tomam o rumo de abrigos. A estrada se inclina, eleva. Deserta, aponta para o alto. Converte-se em trilha.

Seguimos. O dia já escurece. Às nossas costas e às da montanha, na quase noite que desce sobre as pastagens, distinguimos pontos luminosos vindo em nossa direção ao longo da estrada. Daqui, apoiada entre dois mourões, a meio caminho do cume, eu observo seu perfil, o nariz forte e assimétrico, a testa prolongando-se em duas entradas no início dos cabelos, o rosto limpo, examinar os pontos de luz. Eles adquirem cintilações cada vez mais sólidas. Alguns, mais rápidos, indicam o percurso. Chegam até nós os primeiros latidos. E as vozes, quase inaudíveis, mas suficientes para que tenhamos consciência de quem as profere. Sabemos que vêm, uns com pele áspera, outros com roupas novas; outros com mãos de pedreiros; outros com porte de soldados; outros com olhares de juízes, segurando chamas e encarando outros que seguem com o rosto abaixado; outros, lavradores, cardadoras; outros que falam como sacerdotes e também empunham chamas que oscilam; outros, crianças. Eles examinam a própria pele, procuram cobrir suas marcas. Pouco comentam sobre os sons que escutam. Preferem, quando têm as palmas livres, elevá-las até os ouvidos.

No topo da montanha, a música assume forma luminosa e circular, destacando-se da noite em torno. Você busca papel e lápis. Valendo-se da claridade vinda do alto, começa a esboçar seus contornos. Ao colocar-me às suas costas e investigar esta folha, eu me dou conta de que os sons que a compõem parecem agora poder ser vistos em conjunto, numa nitidez quase idêntica àquela com que os escutamos. Quando vamos retomar a subida, faltam o ar e o chão; você tenta se apoiar em um dos mourões, mas seu braço direito se atrela a farpas do arame. Eu corro e o ponho outra vez de pé. Respiramos, parando de tempos em tempos para observar a música, seguir reproduzindo no papel suas notas. Logo me dou conta de que este novo e último desenho é quase uma miniatura do mural que erguemos nas paredes. E somente vendo-o numa escala reduzida começo a compreender o conjunto de seus pontos, tal como aqueles quadros feitos para se fitar de longe, a passos de distância.

Alguém grita. Me adianto, alcanço o topo. Passos secos, braços pesados, dormentes, você sobe, palmilha a encosta. Fachos cortam o escuro, marcam ossaturas de sangue na pele grudada à camisa. Vozes sobem de tom e timbre, estimulam cães. Seus pés atingem o cume. Sentem o peso dos joelhos, dos punhos que neles se apoiam, do tronco que respira antes de se virar e olhar para trás. Pelo percurso das lanternas e das tochas, percebo que elas param e deliberam, chegam a tomar outra trilha próxima a esta. Mas não; em pouco tempo são alertadas pelos cães. Seu corpo ofega, descansa quase rente ao meu. Me aproximo; toco seu pescoço e cabelos. A música adquire uma consistência sólida, e tenho a impressão de que os sons que a compõem encaixam-se uns aos outros como partes de um mesmo mecanismo, rodas, eixos, pêndulos, molas principais e secundárias. A música – a máquina – reduz a velocidade. Ao olhar para ela, e para o fogo carregado por aqueles que escalam logo atrás, você procura mais uma vez o bolso, toma o papel e o lápis.

Eles surgem no declive. Vendo-os queimarem a pele em tochas e candeias de azeite, tentando equilibrar-se na ladeira de pedras, enganchando as coxas em moitas de espinhos, a luz que recai no pó de seus rostos, eu enxergo, em segundo plano, a faixa estreita de terra de onde partiram, pressionada por duas cadeias de montanhas. A claridade dos sons recai sobre eles, também iluminando, no vale abaixo, cada trilha, estrada, troncos de porteiras, telhados da cidade, copas de árvores nas praças. A música cresce. Do topo, conseguimos, apontando nossos olhos além das montanhas no outro extremo do vale, conseguimos quase num relance distinguir outras cidades, umas próximas à costa, navios em seus portos, outras no interior, cercadas por desertos, outras com pontes e edifícios, umas além-mar, as quais só seria possível alcançarmos depois de vários dias com vento favorável, outras altivas, no topo de planaltos, com uma leveza em seus alicerces que me faz pensar estarem próximas do momento de se descolar do solo, umas duras, contraídas, formadas apenas pelo núcleo de um povoado, e em todas elas, caminhando em cortejos no início da noite, caminhando e repetindo por vielas mal iluminadas os mesmos tristes périplos de dias anteriores e futuros, em todas elas homens, e suas mãos quase poderiam ser as mesmas destes diante de nós, nesta encosta, marcadas de feridas, queimadas na chama de um lenho, com cortes nas palmas, algumas cerradas em punhos, outras limpando o suor, elevando-se em direção à vista.

Quando os vê correrem em sua direção, você ergue o papel; pensa em dizer-lhes que, naquele exato instante, acabou de dar o último retoque num desenho feito à imagem e semelhança da melodia atrás de nós; e que, nele, descobriu o mapa: a chave dos caminhos a serem percorridos pelos homens. E, ao vê-lo descer enfim em direção à água, ao mar do outro lado da encosta, tropeçando às cegas e se erguendo sobre pedras e arbustos, tendo atrás de si o ódio destes que por mim neste instante também passam, eu penso em um nome; busco razões para só agora chamar-te assim; para batizar-te, nomear-te assim. Talvez o tenha feito porque, ao me esforçar, na descida até a praia, para sentir este solo com suas mãos, foi como se tocasse uma matéria arada incontáveis vezes até perder a solidez, a condição de terra; e, quando tentei pisar com seus pés o caminho até a faixa de areia, cada um daqueles passos tornou-se a contragosto cada vez mais curto, como se contido por laços em torno das pernas; até que não as movo mais, sinto-as suspensas, caindo na horizontal; e se tateio ao redor e olho para cima o que vejo é uma abóbada escura se fechando e contraindo, semelhante à pedra usada como selo na porta de uma gruta, em cujo interior alguém, agora, deitado no chão úmido, procura, sem sucesso, respirar.

Ponho-me de pé. A cidade caminha lentamente em direção ao ponto próximo à água, faz um círculo em torno de seu corpo. Me ajoelho ao seu lado. Chamo,

Lázaro.

Desenfaixo suas mãos. Retiro as gazes que apertam seu pescoço. Desabotoo suas roupas e percorro toda a extensão da pele, que cicatriza. Limpo a areia em frente a seus olhos; eles se abrem e me fitam, arredios, reconciliando-se porém com os meus no momento em que acaricio repetidas vezes cabelos que relaxam, como os da base do pescoço de animais que conquistamos. Após livrá-lo de todas as camadas de faixas e roupas, ergo o menino, que passa os braços ao redor de minha nuca. Partimos pela orla da praia, deixando para trás aqueles ainda fechados em círculo. Eles depõem as tochas na areia. Examinam, repetidas vezes, a pele curada de suas mãos e rostos. Voltam os olhos na direção do mar, onde, posicionando-se a poucos metros acima d'água, a máquina do mundo e seus sons se entreabrem em órbita, acessíveis. Os homens a contemplam. Depois dão-lhe as costas, iniciam a caminhada de retorno à cidade. No matadouro, a quilômetros daqui, os troncos batem. Amanhã, quando aqueles que voltam em silêncio retomarem suas funções entre as cercas do curral, e a lembrança de tudo o que se passou entre nós e os que nos ouvem for se diluindo em relatos, amanhã as facas, os cravos, as cordas, as lanças, os chicotes e outras armas voltarão a operar. Mas não hoje, suspensas, como as mãos que as empunham, diante do segredo. Como se, pela primeira vez, nelas houvesse lugar para a vida.

Este livro, composto com tipografia Electra e
diagramado pela Alaúde Editorial Limitada,
foi impresso em papel Norbrite sessenta e
seis gramas pela Editora e Gráfica Bernardi
no vigésimo sétimo ano da publicação de
O evangelho segundo Jesus Cristo, de José Saramago.
São Paulo, fevereiro de dois mil e dezoito.